Prime de vie.

Author Romuald Reber

Copyright 2009 Romuald Reber

D1526386

Introduction.

En l'an 2020, la société humaine, confrontée à la montée de la violence urbaine, civique et économique, à la dégradation de son environnement et à la déshumanisation comportementale de sa population, a accepté pour survivre, une nouvelle justice. Cette nouvelle justice devra lui garantir un avenir et un nouvel espoir. Dorénavant, chaque être humain devra s'acquitter d'une prime de vie. Quel en sera le prix?

Les chapitres.

Mise en place des règles.

En décembre 2018, le Conseil Municipal du village de Borgon, dans le canton de Vaud, en Suisse, parcourt l'ordre du jour qui, décidément, se répète dans les dossiers à traiter. Jacques Schneider énumère le rapport de la semaine.

-Nous avons cette semaine, un vol de sac à main, trois vols à l'astuce, deux jeunes admis à l'hôpital pour coma éthylique, quatre bagarres au niveau de la gare entre trois et cinq heures du matin, quatre...

-Il y en a marre!

S'exclame le conseiller municipal écologiste Yves Walden.

-Cela ne peut plus durer.

Le reste de la salle, interpellé par la violence de l'intervention, soudainement se réveille. La conseillère Véronique Benjamin du Parti du travail demande au conseiller Yves Walden de se calmer, prétextant que ce n'est pas si grave, mais aussitôt Yves Walden reprend son interpellation.

-Trop, c'est trop! Cela ne peut plus durer. De façon générale notre société se putréfie et n'est plus capable de réagir. À tous les niveaux, éducation, environnement, jeunesse à la dérive, démission des parents, citoyens sombrant dans un égocentrisme démesuré. Il y en a marre de ce manque de courage, je n'en peux plus, je quitte ce conseil et je vais réfléchir à cet avenir que l'on nous prépare. Veuillez m'excuser, je reviendrai avec une proposition à prendre ou à laisser.

Le reste du Conseil resta pantois et personne ne trouva quoi dire. La séance fut close.

Yves Walden n'est pourtant pas du genre impulsif. Cependant, cela faisait bien longtemps qu'il pensait à tout cela. Il était entré en politique comme on entre dans une association. Il voulait aider, finalement, il voulait aider son prochain.

Cet architecte de profession, âgé de 53 ans, reconnu tant au niveau national qu'international, avait déjà pas mal parcouru le monde. Soit pendant et après ses études, mais aussi dans le cadre de son travail. Il était finalement de nature idéaliste voire utopiste, pensant que le but de l'homme sur terre est de s'améliorer en permanence. Il avait voyagé un peu partout sur la planète. De l'Europe aux États-Unis, de l'Amérique du Sud à l'Australie ainsi que du Moyen-Orient à l'Extrême-Orient. Le seul continent qu'il n'avait pas visité était l'Afrique. Pourquoi ? En fait, il voulait le faire, mais plus tard. Cependant, aujourd'hui, il n'avait plus la tête à cela. Il avait eu la chance dans son métier, d'avoir comme patron un dénommé Peter Stein. Peter Stein était un homme plein d'humanité, sachant tirer le meilleur de chacun de façon naturelle et créative. Il était d'une certaine manière, une sorte de modèle pour Yves Walden, une personne qui l'avait captivé, qui l'avait fait avancer plus haut. Peter Stein est le patron d'un bureau d'architectes de renommée internationale, spécialisé dans les bâtiments de moyenne envergure conçus dans le but d'être vraiment un plus pour les gens habitant dedans. Et non une sorte de cage à lapins que certains avaient profité de mettre sur le marché, prétextant l'efficacité, la rationalisation du terrain alors qu'en fait, ce n'était là qu'une affaire de gros sous. Il était strict et souple à la fois. Strict sur ses principes, souple dans le moyen de les atteindre.

Ceci servit d'inspiration à Yves dans les règles qu'il allait édicter pour sa commune et qui, à son insu, finiront par s'appliquer au sein du monde entier.

Durant l'un de ses voyages en Asie, à Hong Kong, il fit la connaissance de Yamin Lam, l'une des partenaires du cabinet de Peter Stein. En dehors du travail, Yamin Lam pratiquait la méditation. Quelquefois, après une journée de travail, Yamin avait proposé à Yves Walden de se rendre au 'Peak de Hong Kong', sorte de colline depuis laquelle une vue magnifique sur la baie et Hong Kong Island était offerte à ceux qui s'y rendaient. Il existe une petite promenade sur le Peak qui fait le tour de cette colline. Le long de cette promenade quelques bancs y sont disposés. C'est sur ces bancs que Yamin Lam pratiquait sa médiation par moments. Yves Walden, au début, y allait par politesse plutôt que par intérêt. Son tempérament d'architecte ne trouvait pas d'accroche à ce concept de méditation, qui prétend qu'en se concentrant sur sa respiration uniquement, l'on permet au cerveau d'améliorer ses réseaux de connexion et par là même d'améliorer ses compétences. Cependant, au fil des pratiques, il constata malgré lui, un changement dans son comportement. Bien sûr, rien d'impressionnant, mais somme toute des petites choses qui peuvent changer une vie. De biens meilleurs réflexes et une meilleure gestion de sa mémoire. Avec le temps, il pratiqua sans excès, mais ponctuellement, ces exercices de méditation.

Ses nombreux voyages asiatiques lui avaient permis de comprendre un peu mieux cette culture. Une sorte de respect des formes, d'une acceptation de la situation, de toutes les situations. Il est certain que tout n'était pas rose pour lui, mais certains aspects venaient combler un manque dans sa personne. Il parlait même de sa propre éducation avec critique et parfois regret. Malgré tout il trouvait le fil de sa vie assez logique même si par moments, il avait une certaine impatience ; il en était satisfait, en tous les cas jusqu'à cette dernière séance du Conseil municipal de sa commune.

Le soir, rentré chez lui, il ne pouvait pas dormir et ne cessait de repenser à cette société à la dérive. Tout cela allait à l'encontre de lui-même. Du plus profond de son être, il souffrait. Même son expérience de vie, sa culture assez large ne l'aidaient plus dans cette situation. Il fallait trouver une solution. Lorsqu'un être humain est poussé à ses limites, c'est souvent là que les idées, rêves et raisonnements les plus improbables surgissent comme pourrait surgir une explosion volcanique. Il avait pensé à ces mots simples que tout le monde peut sortir sans trop se casser la tête, ces deux mots 'Droit et Devoir'. Ces deux mots qui résument en fait un principe qui pour lui était on ne peut plus juste lorsque que l'on fait ou veut faire partie d'une société. Les droits représentaient tout ce pour quoi des hommes s'étaient battus. Les devoirs quant à eux étaient simplement le respect de ces combats et finalement la synthèse de ce que le meilleur de l'homme a pu faire et non le pire. Le problème étant que l'appréciation de ce concept de 'droit et devoir' au nom de la liberté, n'était pas un acquis et n'arrivait pas à pénétrer durablement la pensée collective ni individuelle. C'était là qu'il fallait agir. En d'autres termes, légiférer ce concept. Il est certain, pensait-il, que les innombrables lois déjà en place auraient du être suffisantes. Mais non, la preuve en était là. Il sentait, à travers la vue du monde et les nouvelles qui passaient de jour en jour ainsi que l'évolution des mentalités, que bientôt la société irait vers un contrôle de plus en plus interactif. Ceci, grâce à un système de réseau qui permettrait d'avoir des jugements rendus de plus en plus rapidement. Il imaginait qu'en comptabilisant les faits et gestes et émotions de chacun, on pourrait, en déduction des droits et des devoirs, lister ou plutôt calculer ce que l'individu apporterait réellement à une société. Et par la même occasion ce que la société devrait garantir à chaque individu. Par ce jeu d'écriture, on pourrait en temps réel valoriser la société dans son ensemble. Récompenser ou pénaliser l'individu en fonction de son comportement. En fait, on assurerait la société contre toutes déviations comportementales de ses membres en instaurant une prime de vie. La valeur de cette prime ne devrait pas être l'argent. Injuste et trop arbitraire. Pour lui, le plus juste serait le temps. Car, pour chaque humain, le temps est égal. Le temps est précieux à tous et, par défaut, tout le monde a du temps, même à l'heure de sa mort, une seconde est aussi précieuse qu'une année.

Le problème de ce concept et de son application était de communiquer et d'analyser les données recueillies sur un être humain et de les communiquer à un logiciel qui serait, en retour et après décryptage des informations, capable de les expliquer, de les comptabiliser et de les faire appliquer ; en d'autres termes, de rendre son jugement. Indépendamment de la solution logicielle, la définition des règles devait dans un premier temps être établie. Le premier point d'interrogation étant de trouver le lien avec la loi en place. Dans tous les cas, pensait-il, les principes de base étant les droits et devoirs de chacun, il suffisait de définir un cadre et une liste de règles pour chacun de ces deux groupes. Il ne s'agissait pas uniquement de reprendre les textes juridiques en place, il s'agissait de catégoriser l'émotionnel d'une personne physique, chaque émotion propre, afin d'établir un livre de comptes de ses émotions et à la fin d'en calculer sa prime de vie.

D'un côté, le respect ou non de ses droits, de l'autre ses devoirs. La violation des droits d'une personne et l'oubli de ses devoirs découlant du libre arbitre de chaque personne finalement.

Il partait du principe que le bien est dans l'humain, mais que le mal le dévore et qu'un combat qui dure tout le long d'une vie se mène en son sein. À chaque victoire du bien ou du mal, une émotion particulière est transmise. Chaque émotion serait donc transmise puis analysée et vérifiée par un logiciel qui placerait le résultat en conformité avec les textes de loi. Chaque émotion comporterait l'analyse des événements antérieurs à sa création. En fait, il pensait que chaque événement lié à une personne serait transmis de façon autonome pour analyse de la conformité avec les textes de loi, même s'il ne devait générer aucune émotion. Ce qui permettrait de rendre une justice parfaite et autonome.

Le calcul de la prime.

Yves prévoyait qu'au départ, le compte d'une personne devrait être à zéro. En d'autres termes, la prime de vie ne coûterait rien à un nouveau-né. Cependant, le respect de ses devoirs n'apporterait pas un bonus ayant la même valeur que ses droits. Ceci afin d'éviter toute spéculation contraire au but qui devait être l'harmonisation de la société par la mise en place d'une justice efficace. Par contre, la violation des devoirs d'une personne serait pénalisante. La sanction: la privation de temps, mais pas la prison.

Les prisons à travers le monde pullulaient déjà en ces temps et leur efficacité était largement critiquée. Par contre, le temps perdu, à ne rien ressentir, à être en quelque sorte débranché de la vie sans être mort, sans cesser ses activités au sein de la société, à être neutralisé de tout libre arbitre, à devenir conforme de force, ceci devait être la sanction. Un homme transformé en robot et mis en conformité des lois, accomplissant les tâches utiles à la société, mais ne pouvant plus ressentir le bien, ni même le mal, ni même seulement imaginer le mal, permettrait à la société de retrouver un calme perdu et d'assurer en même temps le retour à une société plus égalitaire. La société trouverait une justice applicable en temps réel. Bref, une société parfaite pensait Yves. L'être qui serait jugé aurait à sa disposition l'historique de ses peines ainsi qu'une confirmation électronique avant et après sa peine.

Solutions techniques.

Maintenant que les règles étaient en place et que son concept de contrôle était établi, Yves pensa qu'il pouvait aller jusqu'au bout de son aventure, mais, comme il avait besoin d'une certaine validation, il décida de reprendre contact avec l'un de ses anciens amis, le Professeur Damien Lachenal. Damien travaillait dans la recherche en Neuroscience au HUG Hôpitaux Universitaires Genevois. Il avait toujours été passionné par le cerveau.

Yves se souvenait d'après-midi de leur enfance où Damien avait monté, à partir d'un vieux tourne-disque, une installation censée capter les ondes extra-terrestres et les transmettre à ses 'patients', en l'occurrence Yves. C'était un jeu de sa pure imagination. Depuis, le travail et une volonté de fer ne l'ont jamais écarté du chemin de la recherche sur le cerveau. Plus particulièrement, les recherches sur les circuits de neurones qui peuvent influencer la perception des émotions et le comportement d'une personne. Pour Yves, la présentation de ce projet à Damien allait être décisive.

Yves contacta Damien par email avec le texte suivant:

-Salut Damien, Comment vas-tu ? Écoute, je sais que ton emploi du temps est très chargé, mais j'aimerais te parler d'une chose pour laquelle j'ai besoin de ton avis. Il s'agit de cerveau. Il s'agit de digitaliser et classifier les émotions d'un être humain. Merci d'avance de me rappeler. Amicalement, Yves.

12

Il se doutait bien que cet email allait intriguer Damien et qu'en dépit de son approche scientifique, Damien allait le challenger sur des points d'éthiques avant de s'attaquer aux aspects technico-scientifiques et bien sûr financiers.

Quelques jours après, Damien répondit de cette façon:

-Salut Yves! Quelle surprise et quelle énigme dans ton email. Je vois que tu es toujours très imaginatif. Écoute, je te propose la chose suivante: à partir du 10 juin, je vais être plus disponible et j'aurai un peu de temps pour toi. Téléphone à ma secrétaire, Madame Brigitte Vanier, elle est au courant et demande lui un rendez-vous de deux heures. Comme ceci tu pourras m'expliquer ton problème. Tout de bon. Damien.

Yves s'exécuta et obtint un rendez-vous pour le 17 juin suivant. Nous étions le 13 mai 2019. Ce rendez-vous tombait au bon moment. En effet, Yves devait se rendre à Singapour pour un colloque sur la gestion des ondes et leur impact dans le cadre d'un projet immobilier.

Un petit voyage à Singapour.

Yves aimait l'Asie, sa moiteur, ses couleurs, son bruit et son calme à la fois. Il connaissait Singapour de longue date, la première fois qu'il la rencontra en 1987. Il venait de traverser la Malaisie par la côte est dans des conditions assez difficiles et passait la frontière en taxi avec deux autres routardes qui lui avaient recommandé une Guest House sympa. C'était effectivement un endroit assez cool comme on disait à l'époque. Il y avait là une bande de jeunes Occidentaux avec dans la tête, le mot voyage avec un grand "V". Elle était située dans un grand immeuble d'une dizaine d'étages sans climatisation, mais avec de puissants courants d'air qui traversaient les dortoirs. On avait la sensation d'être au bord de la mer alors qu'on était en pleine ville. Cette Guest House était tenue par Tim ; en tous les cas, tout le monde l'appelait ainsi. Ce Singapourien d'une trentaine d'années était on ne peut plus serviable avec tout le monde. Toujours prêt à donner des indications sur les trajets à prendre, le prix des choses, ainsi que les endroits à voir. Yves se rappelle notamment, qu'une fois, on ne sait trop pourquoi, Jean, un Canadien résidant dans la Guest House avait proposé d'aller boire un Sling au Raffles Hôtel. Célèbre hôtel du début du vingtième siècle qui avait la réputation d'avoir inventé ce cocktail très doux à boire et d'accueillir aussi des gens célèbres comme R. Kipling ou Ava Gartner ou plus récemment Claude Nobs, organisateur légendaire du Montreux Jazz Festival. Quelle drôle d'idée, le Raffles, quand la plupart des jeunes avaient probablement comme budget journalier, le prix d'un Sling. Jean travaillait à Singapour pour une maison d'importation de poissons tropicaux du Québec. Il avait fini un gros mois et avait probablement envie de se détendre un peu au Raffles. Quoi qu'il en soit, en cette fin d'après-midi, une bande de jeunes se retrouvèrent dans le lobby du Raffles près du piano-bar à déguster un Sling. C'était comme un moment magique pour Yves, la musique en fond, le marbre blanc de l'hôtel et les effets du cocktail, c'était quelque chose d'inoubliable. Il ne pensait pas que trente ans plus tard, au mois de juin, il résiderait au Raffles Hôtel de Singapour pour d'autres raisons que de s'encanailler en buvant des cocktails.

Dans le cadre de ce symposium sur les impacts sur les êtres vivants des ondes utilisées dans l'architecture, Yves résidait au Raffles dans la suite 166. Il souriait de l'intérieur en pensant à son premier voyage à Sin, comme les locaux appelaient leur pays. Ce qu'Yves aimait au Raffles, c'est que ce n'était pas comme ce qu'on pouvait voir dans les autres hôtels de renom qui avaient une installation IT impressionnante. De la connexion sans fil instantanée à la télévision OLED incorporée dans le mur, complétée d'une installation 'Sound-intruder' permettant d'avoir un son égal à celui d'un casque, mais sans porter de casque, grâce à l'association des téléphones portables et aux dernières générations d'ondes. Le Raffles était à l'opposé et c'était son côté brut de vieille maison coloniale maintes fois rénovée qui l'intéressait. Le parquet de ses suites était en bois, en vrai bois et la salle de bain avec ses gros carrelages verts était pour Yves, un retour en arrière d'une centaine d'années. Pour un architecte, c'était lire une page d'histoire que de résider dans un tel endroit. De plus, le calme qui y régnait était un vrai bonheur. Arrivé avec le vol du matin, il allait pouvoir se reposer en perspective des trois prochains jours de symposium. En 2019, il ne fallait plus que six heures pour aller de Zurich à Singapour au lieu des douze lors de ses premiers vols. Les avions de dernière génération tels que 'Hypw-SJ-24' étaient propulsés par des réacteurs alimentés à l'hydrogène qui leur permettaient d'atteindre facilement M2 voire M3 dans un silence identique à celui des voitures électriques des dernières générations. Le design de ces nouveaux avions ressemblait à un triangle. Les ailes avaient quasiment disparu. Selon les ingénieurs en aéronautique, les nouveaux composites du fuselage permettaient des économies de poids et assuraient des formes permettant une meilleure stabilité et résistance de ces appareils. L'intérieur plus spacieux garantissait à toutes les classes de pouvoir s'allonger parfaitement durant le vol. Les sièges contenaient divers robots masseurs qui assuraient presque une remise en forme aux passagers durant leurs heures de vol. Les tissus des sièges, fabriqués avec des nanomatériaux, permettaient d'avoir une température corporelle idéale. Mais, malgré toutes ces aides, le décalage horaire avait toujours un impact sur la plupart des gens. Ce qui était le cas d'Yves. Ayant rejoint sa suite, il décida de se coucher bien qu'il fut 8h00 du matin. Lentement, l'odeur de la frangipane et le chant des oiseaux exotiques qui pénétraient par dessous la porte de la suite, assommèrent Yves. Il s'endormit.

Plus tard, dans l'après-midi, Yves décida d'aller se restaurer, non pas au restaurant du Raffles, mais dans un 'Food court' prêt de 'Bencoleen Street'. Les 'Food court' à Singapour se regroupaient en général, en de petits stands où différents styles de cuisine se mélangeaient. Yves aimait celui-ci particulièrement, car il était calme et le choix des différentes nourritures particulièrement varié. Il commanda une variation de légumes et de viande de poulet. Comme boisson, il alla chercher un café glacé et commença son repas. Malgré leur côté rétro, les 'Food court' en 2019, utilisaient déjà les dernières technologies des robots ménagers disponibles. Il y avait les robots nettoyeurs, sortes de chariots avec plateaux et corbeilles, munis de plusieurs bras avec différents ustensiles en guise de mains qui leur permettaient de saisir les plats, ainsi que tout un arsenal de peignes chargés, eux, de laver, sécher et stériliser les tables et bancs. Ils allaient et venaient entre les tables, détectant les places libres et signalant aux clients par une lumière rouge que la place ne pouvait pas encore être utilisée lorsqu'ils opéraient sur celle-ci. Il y avait toujours des employés techniciens, mais maintenant leur rôle était la gestion des robots. La ventilation à l'air libre se faisait également par des robots. En lieu et place de ventilateurs, on parlait de robots purificateurs. En effet, non seulement ces robots conditionnaient l'air à une température de 25 degrés Celsius, mais le décontaminaient de toutes pollutions et virus. Ils évoluaient au plafond en fonction du traitement de l'air à effectuer. Ils avaient la forme d'une soucoupe encerclée de lumières bleues, vertes et oranges. Ces 25 degrés, alors que la température "extérieure' frôlait les 35 degrés, procuraient vraiment une sensation de fraîcheur et non de froid par rapport à la vieille climatisation du vingtième siècle. Yves finit son repas complètement décontracté. Il rigolait intérieurement, car pensait-il, aujourd'hui dans son village, déjeuner sur une terrasse procurait de bien moins agréables émotions. Il en avait soudainement la triste preuve en consultant les médias sur la table même qu'il venait de déclencher. On y montrait des scènes de violence toujours incompréhensibles d'après lui. D'un geste rapide de sa main droite, à l'aide de son majeur, Yves éteignit ce media comme on chasse inconsciemment une mauvaise pensée.

Le symposium.

Les images de violence diffusées dernièrement dans les médias qu'il avait consultés sur la table du 'Food court', étaient revenues dans ses pensées lors de son petit déjeuner à l'hôtel le lendemain matin. Il était de plus en plus convaincu que son concept de droit et devoir était le moyen, non seulement pour endiguer cette violence, mais également pour faire avancer la société vers une conscience globale. Cette cogitation fut interronpue par l'arrivée de Madame Moreko Ito qui était un architecte de renom au Japon. Yves la connaissait depuis de nombreuses années.

-Bonjour Moreko! Cela fait très plaisir de te rencontrer à nouveau pour ce symposium. Comment vas-tu?

-Bonjour Yves! Je vais bien et le plaisir est partagé. Je suis contente que tu aies pu venir, car je pense que cet événement va être surprenant.

-Oui, je le pense aussi. Les ondes qui sont utilisées de plus en plus au sein de nos sociétés ne sont certainement pas sans influencer les gens qui y travaillent.

-Tout à fait et à ce propos, le professeur Thomas Williams de l'Institut Comportemental de New York va nous présenter ses derniers travaux sur ce sujet. Je le connais bien et il me confiait récemment au téléphone, qu'il avait fait une découverte stupéfiante. Selon lui, les différentes combinaisons de types d'ondes et de fréquences de musique et spectres de lumière avaient des influences sur la

19

perception des gens de leur entourage. En d'autres termes, selon le professeur Thomas Williams, on pouvait créer des ambiances précises dans un lieu d'habitation en associant tous ces composants. Tu te rends compte? Cela donne la possibilité à nous, architectes, d'avoir un impact non plus subjectif sur notre monde, mais bien réel.

-En effet, tout cela semble incroyable. Je me réjouis d'assister à sa présentation.

Yves semblait s'interroger sur ce que venait de lui dire Moreko. Ou plutôt, il commençait à élaborer les plans de son projet avec cette idée de contrôler la perception des gens par la création d'ambiances artificielles.

-Yves, je dois te laisser, j'ai encore à faire avant cet événement. N'oublie pas! À 10H00 ce matin au quatrième étage du 'Suntech Convention Center'. On se voit après?

-D'accord, à tout à l'heure Moreko.

Yves était en route pour le symposium, il avait décidé de s'y rendre à pied. Depuis son hôtel, il pouvait passer par les passages piétons souterrains. Ces passages étaient communs à toutes les grandes métropoles et spécialement en Asie d'ailleurs. Ces passages à air purifié avec de hauts plafonds, étaient composés d'arcades marchandes, de zones de déplacement avec trois vitesses allant dans les deux sens. Le premier niveau était destiné à la promenade, c'était une sorte de tapis roulant bordé de piquets espacés et liés entre eux par des faisceaux laser. Cet espace était également utilisé par des robots d'assistance au déplacement pour les personnes désirant une aide. Le deuxième niveau de vitesse était destiné, lui, aux personnes se rendant ou revenant de leur travail. C'était un escalier roulant à plat pouvant contenir jusqu'à quatre personnes l'une à côté de l'autre. Quant au troisième niveau de vitesse, c'était l'espace des robots rapides à destinations prédéfinies. Il y avait des sas d'entrée et de sortie avec un écran tactile permettant de choisir une destination présélectionnée. Une fois la destination choisie, vous receviez un numéro de porte d'embarquement. Il y avait trois portes. Une fois les portes passées, des véhicules de transport, complètement automatiques et ouverts, avec en guise de siège un appui horizontal à hauteur du bassin avec une poignée, étaient en standby. Ces véhicules étaient d'office purifiés par des robots nettoyeurs avant chaque déplacement. Cette zone garantissait des trajets de dix minutes depuis l'embarquement avec une attente de deux minutes au maximum. Il y avait une zone technique également, qui permettait la livraison de marchandises aux arcades, une sorte de galerie, accessible par une commande manuelle, qui permettait d'accéder aux palettes de livraison de marchandises et d'y déposer les emballages ou divers objets non vendus.

Yves décida de prendre un véhicule de transport pour se rendre à Suntech Convention Center. Les paiements se faisaient à l'aide de ces derniers 'PDA', qui contenaient également la possibilité d'établir des contrats de facturation automatique, validés par l'association d'identité du détenteur, de sa banque ou d'un créancier se portant garant ainsi que l'empreinte éléctro-encéphalographique. Cet appareil était à la fois non seulement un outil de communication, mais également une pièce d'identité et un outil de paiement ainsi qu'un assistant permanent à la décision que ce soit en matière de trajets ou d'options quelconques. En plus une panoplie d'application de type réalité augmentée était disponible. Elle se plaçait au poignet comme une montre et s'ouvrait en trois parties avec en plus une oreillette munie d'un senseur sur la tempe. La transaction allait très vite. Un OK sur l'écran 'Amoled' affichant les données du contrat, un OK sur le 'PDA' et l'affaire était faite.

Lors des transports, Yves était interpellé à chaque fois par les films d'accompagnement diffusés contre les murs du passage tout au long des voies de communication. La qualité de ces projections était telle que le cerveau humain s'y confondait par moments, ne sachant plus s'il s'agissait de paysage virtuel ou réel. Lors du parcours, on voyait une femme chevauchant un cheval sur la plage dans la fraîcheur du matin. Le son qui accompagnait ce film d'ambiance était lui aussi très réaliste. Yves avait presque envie de courir à côté du cheval.

Arrivé au Symposium, Yves confirma sa participation à l'événement et reçut un badge d'accès. Ce badge contenait toutes ses données professionnelles ainsi que sa photo. Il donnait accès à des séances bien précises. Il permettait d'enregistrer et de filmer des entretiens avec d'autres participants sur accord mutuel et contenait toutes les informations sur le symposium et les participants par conférence, tout ceci étant indexé de façon appropriée. Ce badge permettait également de voir le texte de la présentation en direct sur son écran personnel en plus de l'option de traduction en mode 'Sound-intruder. Un GPS-Finder dans le symposium, offrait aux participants les moyens de se trouver facilement à l'intérieur de l'événement.

Il accéda au hall où devait se tenir la présentation du professeur Thomas Williams. Un peu en avance, il put se faire une idée de l'atmosphère de la conférence et s'informer auprès des auditeurs de celle-ci. En consultant l'index des professions des participants, il fut surpris d'y trouver certains départements de la sécurité intérieure. Néanmoins, cette information le conforta encore un peu plus dans son projet.

Soudain son badge clignota en vert, annonçant le début de la présentation du professeur Thomas Williams, annonce corroborée par le speaker officiel qui était sur scène. Au même moment Moreko le rejoignait à la place qui était libre à côté de lui.

Le professeur commença sa présentation:

-Madame la Ministre, Mesdames, Messieurs, chers Collègues et chers organisateurs de ce Symposium sur l'influence des ondes dans les projets immobiliers, je vous salue et vous remercie de participer à cette présentation qui me tient à cœur, car elle représente pour moi une grande étape dans mes recherches. Je suis donc très heureux de pouvoir vous présenter aujourd'hui, dans cette belle ville de Singapour, le fruit du travail de mon équipe sans laquelle n'auraient pas été possibles les découvertes qui vont peut-être permettre à l'humanité premièrement de comprendre les maux de ses sociétés et peut-être d'avoir l'espoir d'y remédier. En effet, nous avons pu mettre en évidence que la relation entre les ondes de différents types de fréquences, de musique et spectre de lumière, ont des influences sur la perception des gens de leur entourage. Comme vous le savez, nous utilisons depuis une quinzaine d'années, de plus en plus, dans notre quotidien, de nombreux appareils émettant et réceptionnant ces ondes aux normes Wifi, Bluetooth et ceux de dernière génération utilisant la norme 'SWTP' pour 'Speed Waves Transfer Protocole' qui nous permet de transmettre une information en temps réel à presque tous les coins de notre planète. En elles- mêmes, ces technologies sont éprouvées, à savoir que leur utilisation seule ne provoque pas d'impact sanitaire, mais ce qui est par contre nouveau et surprenant, c'est que l'association de ces ondes avec la musique ou les spectres lumineux, en a un. Et nous l'avons prouvé. Nous allons vous le démontrer par le petit film qui va venir.

On pouvait remarquer dans l'auditoire beaucoup de petites discussions, des étonnements de part et d'autre ainsi que des signes multiples de tête. L'introduction du film présentait un groupe d'enfants âgés de deux ou trois ans en train de jouer, soit seuls ou à plusieurs. On pouvait constater que les murs de la pièce où ils évoluaient étaient de couleur bleu pastel. En bruit de fond, une musique enfantine très douce. Un adulte se tenait debout à droite des enfants. Il y avait également, en face de cet adulte qui était une femme d'une quarantaine d'années, à l'autre bout de la pièce, un écran de PC animé pour l'instant d'un écran de veille avec un Post-it où était écrit 'B01'. L'ambiance était paisible et tout se passait pour le mieux. Puis doucement, on vit la couleur des murs de la pièce changer progressivement de couleur. Ils passaient doucement du bleu pastel au violet foncé métal teinté de jaune. Ces murs étaient équipés de nano-led, ce qui permettait une décoration de pièce très personnelle. Le style de la musique avait glissé subtilement vers des bruits de type moteurs électriques, il n'y avait quasi plus de mélodies. On se serait presque cru dans le local technique d'un grand immeuble. On constata qu'une légère agitation se faisait parmi les enfants, mais rien de très notable si ce n'est que les voix devenaient plus fortes et les gestes moins sûrs. Le professeur Thomas Williams rendait attentif l'auditoire de ces changements subtils. Mais soudain, l'adulte qui était dans la pièce, enfila sur sa tête une sorte de casque équipé de lunettes teintées ainsi que d'écouteurs. Ensuite, il ouvrit un tiroir d'un petit meuble près de lui et en sortit un notebook. Il l'alluma et plaça l'écran en face de la caméra. Un zoom sur l'écran permettait de lire et voir les commandes sélectionnées. On apercevait sur l'écran la détection de l'autre PC 'B01'. La femme ouvrit un important fichier d'images et sélectionna l'action contextuelle en cliquant sur le fichier 'STWP transfert to: 'B01'? Elle s'exécuta. Au fur et à mesure que le fichier se transférait, la caméra refaisait une prise standard qui permettait de voir la scène entière. On y voyait que l'écran 'B01' s'était activé. Simplement, ce n'était pas seulement l'écran de ce terminal qui s'activait, les enfants aussi. Ils commencèrent à lancer les objets qui leur servaient auparavant de jouets et spontanément recherchaient la confrontation avec leurs petits camarades. La scène dura environ cinq minutes. Le transfert de fichiers d'un terminal à un autre s'était interrompu et l'ambiance de la salle retomba. Instantanément, le calme revint sans que les enfants n'aient reçu diverses consignes ou un quelconque rappel à l'ordre de la part de l'adulte présent.

Le film s'arrêta et le professeur reprit la parole.

-Rassurez-vous, les jouets étaient en mousse et les enfants vont bien. L'assistante de mon équipe qui a participé à cette expérience également. Ce que nous avons voulu démontrer est vraiment important. Nous avons la responsabilité dès aujourd'hui de considérer ces faits et de tenir compte du cocktail que nous pouvons créer et les incidences de ceux-ci sur le comportement de gens.

Une partie de l'audience se leva pour applaudir tandis que certains restaient assis l'air dubitatif. Yves et Moreko faisaient partie des gens qui s'étaient levés et applaudissaient.

-Tu vois ce que je te disais, commenta Moreko en s'adressant à Yves.

-Oui, très impressionnant!

-Demain soir, je vais dîner avec d'autres collègues avec le professeur Thomas Williams, si tu veux, tu peux te joindre à nous.

-Avec plaisir!

Le professeur poursuivit sa présentation, par des aspects plus techniques associés à des graphiques et des films d'appui, mais avec des souris cette fois-ci.

Le dîner avec le professeur Thomas Williams.

Après la présentation du professeur Thomas Williams, Yves retourna au Raffles. Il était 15h00. Yves s'arrêta dans le 'lobby' et s'assit dans un fauteuil confortable près du piano. Il pensait à se décontracter un peu dans l'espace et le décorum de ce hall. La pièce devait faire environ douze mètres de haut. Il y avait deux étages que l'on pouvait distinguer par leur balcon de style colonial. Un grand escalier en bois précieux traversait le tout. Un serveur lui avait proposé une boisson entre-temps, Yves commanda un thé blanc. Il repensa à la présentation de cet après-midi. Il fit le constat qu'il était effectivement plus agréable de se trouver au beau milieu d'un hall où le marbre du parterre, d'un blanc pur, était traversé par les rayons de lumière d'un bel après-midi, bercé par la musique douce du piano sans qu'apparemment trop d'ondes influencent de façon négative son comportement, plutôt que dans un appartement exigu avec peu de lumière, décoré de graffitis, pris entre deux rayonnements de téléchargements STWP et en écoutant de la musique chaotique. Il trouva sa pensée équivoque et s'en amusa. C'était un peu simpliste, car si tout le monde vivait au Raffles, est-ce que le monde serait plus moral pour autant? Est-ce que la violence s'interromprait? Cependant, la démonstration était forte et il se réjouissait de dîner le lendemain avec le professeur Thomas Williams.

Le lendemain, Yves avait donné rendez-vous à Moreko à 18H00 dans le lobby pour se rendre avec elle au dîner. Il allait passer la soirée à l''Asian's flowers' qui se trouvait dans l'une des dernières tours construites dans le centre des affaires, près du casino. Ils montèrent dans le taxi qui s'avança devant les portes principales de l'hôtel. On entendait à peine le moteur électrique du véhicule. Ce taxi était équipé d'un moteur électrique de dernière génération alimenté par une pile à combustible. Le chauffeur demanda la destination. Quelques instants après, il avait enregistré la destination. Dès que le véhicule démarra, des écrans situés sur les dossiers des sièges avant du véhicule affichaient l'estimation du temps de la course ainsi que le prix à payer. Sur la voie rapide, on constatait que tous les autres taxis étaient également propulsés par un moteur électrique. Il restait quelques anciens véhicules de type hybride, mais aucun n'était équipé d'un seul moteur à explosion. Ceci était tout simplement interdit à Singapour.

Dans le taxi, Moreko interpella Yves.

-Tu sais Yves, je dois te dire!

-Oui?

-Je sors avec le professeur Thomas Williams.

-Ah bon? Mais c'est fantastique, non?

-Oui, pour le moment je suis heureuse, mais tu sais, je suis prudente.

Yves se rappela effectivement que son amie Moreko avait perdu son mari. Il avait été assassiné à Genève en rentrant le soir à son hôtel après une conférence à l'ONU sur les taux de la taxe sur le carbone. Il y avait de cela une année. Un petit désœuvré, sous l'emprise de l'alcool et de drogues, avait voulu se donner le sentiment d'exister. Sans le moindre motif, il avait sorti une lame et l'avait plantée à trois reprises dans le ventre de Steve. Le lendemain, conscient de son acte, il s'était pendu et avait laissé comme dernière pensée sur le dos d'une enveloppe usagée la phrase suivante:

-Je ne comprends pas!

Steve était un conseiller fiscal au service de la Maison Blanche. Moreko, qui était japonaise, avait rencontré Steve Baldwin à Londres lors d'un projet pour une tour cent pour cent autonome d'un point de vue énergétique. Il y a cinq ans, ils devaient s'établir en Ecosse dans une ancienne bâtisse un peu loin de tout, au beau milieu de la nature. Ce projet avait été brusquement interrompu.

-Voilà! Nous y sommes,' s'exclama Moreko. Yves confirma le prix de la course à l'écran. Instantanément une petite vibration se fit ressentir sur son 'PDA'. L'entrée de cette tour était tout simplement féerique. Les trois premiers étages étaient envahis de végétation qui, par divers jeux de balcons contenant de la terre ou quelque compost approprié, recréait une sorte de colline coupée en son milieu par une chute d'eau dont le réceptacle se trouvait au premier étage. Le tout animé par des jeux de lumières 'LED' et un son d'ambiance, de telle sorte que l'on pouvait s'imaginer parmi des myriades d'oiseaux et divers papillons de nuit.

Le restaurant était au 88ème étage. Yves et Moreko s'étaient annoncés au concierge du restaurant qui se tenait sur le parterre. Un ascenseur électromagnétique, à l'usage du restaurant et d'une

30

capacité de 35 personnes se présenta pour l'embarquement. Il était divisé par des barrières disposées en diagonales. Ceci permettait d'éviter une trop grande promiscuité et donnait un sentiment de sécurité. Le fond de l'ascenseur était un écran de type 'Amoled'. Dès le départ, il diffusait, en haute définition, une vue de la baie en 360 degrés. Ceci permettait de faire patienter les passagers. La montée prenait trois minutes. La vitesse n'était pas le but de cet ascenseur comparé aux ascenseurs à l'usage des bureaux, pensait Yves. Le but était de préparer les gens à leur repas dans les meilleures conditions. Il y avait une dizaine de passagers pour cette montée. Proche de l'arrivée, un carré afficha sur l'écran l'image caméra du concierge confirmant l'arrivée au restaurant. L'ascenseur s'arrêta et les portes s'ouvrirent.

Aussitôt cinq hôtesses accueillirent les gens. Un savant jeu de répartition séparait les personnes par tables. Une des hôtesses conduisit Moreko et Yves à une table sur la terrasse où les attendaient le professeur Thomas Williams et ses convives. Moreko s'approcha du professeur en plaçant son bras droit autour de son cou et l'embrassa sur la joue.

-Laisse-moi te présenter Yves, Yves Walden, mon ami et collègue architecte de Suisse dont je t'ai parlé.

-Oui! Bien sûr, comment allez-vous? Je suis ravi de vous rencontrer, car Moreko m'a souvent parlé de vous.

-Mais pareillement, je suis également très heureux de vous rencontrer.

-J'ai été très impressionné par votre présentation d'hier.

-Oui, Oui, ça n'a pas trop mal été. Mais nous en reparlerons un peu plus tard si vous le voulez bien. Laissez-moi vous présenter à mes amis.

Le professeur Williams était un homme assez grand, dans la quarantaine, très décontracté. Il avait ce côté contemplatif des choses qu'ont souvent les chercheurs. Comme s'ils percevaient du regard en quelques fractions de seconde la connaissance des choses ou des gens.

-Mes amis, venez par ici, j'aimerais vous présenter Moreko et Monsieur Yves Walden, avant que nous passions à table.

Il y avait trois autres invités à ce dîner, tous membres de l'équipe du Professeur Thomas Williams. Bernard Folet s'occupait particulièrement des recherches sur l'impact des éclairages sur le comportement des gens. Sophie Wallenberg était une éminente spécialiste des ondes électromagnétiques et radios. Elle poursuivait également l'étude de la psychologie. Finalement, Roger Bahut, un musicologue. C'était un très grand ami du Professeur Thomas Williams.

Un moment après, tout le monde était réuni pour dîner. Leur table de forme ronde se situait près d'une baie vitrée qui donnait sur la mer. On pouvait apercevoir en contrebas le va-et-vient des navires dans le port de Singapour. Il y en avait de toutes sortes. De plaisance, croisière et transporteurs de frêt. Parmi ces derniers, certains porte-containers de dernière génération étaient tout simplement énormes. Ils avaient d'immenses mâts, d'environ cent mètres de haut. La voilure était immense. On apercevait leur gréement malgré la nuit grâce à leurs signalisations lumineuses. Principalement pour ceux qui quittaient le port. C'était simplement féerique. Le groupe de personnes semblait être décontracté, parlant de choses et d'autres, quand soudainement, un des serveurs trébucha avec son plateau d'où quelques verres glissèrent pour finalement se briser sur le sol. Inconsciemment, toutes les conversations s'interrompirent pour quelques secondes. Le bruit des verres se brisant sur le sol avait arrêté toute conversation dans les restaurants pendant ce laps de temps. Le professeur Thomas Williams à ce moment prit la parole.

-Vous voyez chers amis, cet événement qui semble anodin, c'est-à-dire quelques verres brisés émettant un bruit désagréable que tout le monde reconnaît, a provoqué pour un très court moment, l'arrêt des conversations de façon quasi instinctive. C'est précisément l'objet des recherches de mon équipe. Un bruit au sens primaire, propage ses ondes qui sont interprétées parfois de façon consciente, mais souvent de façon inconsciente par notre cerveau. Au même titre qu'une couleur ou une image si vous le préférez. Quant aux ondes émises par notre technologie, nous savons depuis longtemps qu'elles ont un impact sur notre cerveau voire sur celui des animaux. Quiconque, à la campagne, qui a une tondeuse robot dans son jardin, vous confirmera que le nombre de taupinières sur sa parcelle a considérablement diminué voire complètement disparu. Ce que nous avons cherché à démontrer dans nos travaux, ce sont les effets de ces trois communicateurs sur le comportement des personnes lorsqu'ils sont associés. Yves interrompit le professeur.

-Professeur, quand vous parlez de communicateurs, vous sous-entendez qu'il peut y avoir une communication entre les effets et le ressenti?

-Absolument, lorsque le cerveau interprète ces communicateurs de façon très subtile, il devient lui-même émetteur d'ondes, donc, nous pouvons parler de communication.

-Et ces ondes émises sont-elles de nature différente en fonction du résultat de l'équation de ces trois communicateurs?

-Tout à fait! Vous comprenez, il y a certainement plus de trois communicateurs, il y en a en tous les cas cinq plus un?

-Les cinq sens, plus la perception des ondes ?

-Oui, c'est ça, nous avons travaillé jusqu'à présent sur l'équation de trois. Notez que ces cinq sens se divisent en sous-groupes et élargissent le tableau.

Le professeur Williams retourna une question à Yves.

-Mais, à quoi pensez-vous précisément Yves?

-Et bien, je pensais que si l'on était capable de réceptionner les ondes émises par le cerveau, on serait capable d'établir une cartographie de nos villes et de mettre en avant des niveaux de stress ou à l'opposé de calme et sérénité.

-Je reconnais ici votre professionnalisme d'architecte Yves, c'est une idée séduisante. Par contre, cela impliquerait d'avoir un réceptacle pour chaque homme. Vous me direz qu'avec la téléphonie mobile, une majeure partie de la population des grandes villes en est déjà équipée. Il faudrait que la réception de ces ondes se fasse par le 'PDA', grâce à une antenne spéciale et soit retransmise à un centre d'analyse. Ce qui permettrait d'identifier rapidement les zones ayant des problèmes et les gens ayant des problèmes, afin de leur apporter conseil personnellement ainsi qu'à leur autorité. Ce qui permettrait d'apporter des changements structurels à nos sociétés et d'aller vers quelque chose de ..., de plus harmonieux.

-Vous faites référence aux problèmes de violence et crimes?

-Oui, aux maux de nos sociétés! Mais ne nous attardons pas sur des choses trop sérieuses ce soir, profitons de nous détendre un peu. Cependant, j'aimerais sincèrement que nous en rediscutions ensemble; je serai à Genève le mois prochain, nous pourrions nous voir si vous le voulez?

-Oui, c'est une excellente idée.

-Parfait!

Yves en profita pour se désaltérer avec une tasse de thé tout en regardant dehors l'éloignement d'un bateau de croisière et son gréement illuminé.

Le repas continua dans une atmosphère détendue et emplie de sérénité.

Création et validation du modèle.

De retour en Suisse, Yves s'empressa d'organiser ce meeting avec le professeur Thomas Williams ainsi qu'avec le professeur Damien Lachenal qui était également son ami. En effet, il avait pensé que ces deux personnalités pourraient l'aider dans son projet. De plus en plus, les choses qu'il avait échafaudées dans sa tête se mettaient en place, bien que finalement pour l'instant, rien de concret ne le soit réellement. Mais, c'était finalement sa force de dessiner des plans, d'allier les techniques et faire prendre forme à ses associations pour déboucher sur du concret. Il était architecte de profession, il allait devenir l'architecte d'un projet de société dont les impacts seraient beaucoup plus grands que celui d'une tour en ville.

Dès le lendemain après son arrivée, il contacta la secrétaire Madame Brigitte Vanier par téléphone et proposa un choix de dates en mentionnant que c'était très important. Ces dates correspondaient aux jours déjà bloqués avec le Professeur Williams. Brigitte Vanier, qui était une femme charmante et très organisée, comprenait sans poser trop de questions que quelque chose d'exceptionnel était en train de se passer. Elle promit un appel du professeur Damien Lachenal dans la matinée. En effet, elle savait rien qu'au son de la voix d'Yves Walden, que ce coup de téléphone serait à marquer d'une pierre blanche. Entre-temps, Yves réfléchissait au lieu de ce meeting qui devait être discret et calme. Seraient réunies au même endroit deux grandes sommités de la neurologie ainsi qu'une poignée de leurs assistantes et assistants. Il se rappelait le petit hôtel qui était orienté bien-être dans le Canton du Valais. Ce n'était pas un grand cinq étoiles, mais on y bénéficiait du calme, la salle polyvalente immergée dans la nature. Ce serait parfait pour une séance de travail. Soudain, le téléphone sonna. C'était Damien Lachenal. Yves lui fit une sorte de reportage de ces dernières semaines. Il exposa son postulat, mais surtout la présentation du professeur Thomas Williams ainsi que le résumé des discussions de Singapour. Ce monologue dura presque une heure. Damien connaissait déjà Thomas Williams. Il était très surpris qu'Yves l'ait rencontré en Asie. Damien n'était pas d'une nature très expansive. Il conclut cet appel par:

-Très bien, je te laisse voir les détails avec Brigitte, je te donne trois jours de mon temps. À très bientôt.

Yves salua dans le vide, comme le fond les pratiquants d'art martiaux, cette bonne nouvelle. Il s'empressa d'organiser cette rencontre et de confirmer tous les détails des trois jours de travail aux principaux intéressés.

En cette fin du mois de juin 2019, la température, à une altitude de mille mètres qui était celle de l'hôtel où devait avoir lieu la réunion, s'élevait à 29 degrés Celsius. Il faisait beau et la nature n'avait pas trop souffert de la canicule du début du mois par rapport à la plaine. En effet, il était maintenant fréquent que les trente degrés Celsius soient dépassés pendant le mois de juin.

Chacun des participants avait pris ses quartiers. Le professeur Thomas Williams était venu avec Bernard Folet et Sophie Wallenberg ainsi que Moreko. Le professeur Damien quant à lui était venu avec son épouse Véronique, accessoirement spécialiste en psychologie. Il s'était associé le professeur Jérôme Benoit qui participait à ses études. Yves, quant à lui, avait convié son ami financier Guy Steinbruck. Guy Steinbruck avait déjà participé au montage financier de plusieurs projets d'architecture qu'Yves avait pilotés. De plus, c'était un ami de longue date.

Yves était veuf. Il avait perdu sa femme lors d'un accident de voiture en 2015. Un chauffard aviné avait grillé un feu par inadvertance. Elle avait évité la voiture de ce conducteur, mais s'était finalement écrasée contre un mur en béton. Le chauffard, quant à lui, s'était pendu en prison une année après l'accident. Depuis, Yves vivait seul. Il ne vivait pas dans la nostalgie, mais s'était consacré pleinement à son travail, à sa commune et plus généralement au bien de l'humanité.

Les séances de travail étaient passionnantes. Yves avait introduit son concept de prime de vie juste après un résumé sur la présentation à laquelle il avait assisté à Singapour. Il touchait au but dans la réalisation grâce aux communicateurs, l'interprétation des émotions était le domaine du professeur Lachenal. La somme de ses connaissances donnait le vertige à Yves. La confrontation des recherches de ces savants se transformait petit à petit en un projet pharaonique.

Toutes les idées débouchaient sur des points très concrets du projet qui finalement dépassait maintenant l'ébauche de règlement qu'Yves avait dessinée. Le concept de justice avait été revu, les règles de base changées. De plus, ce concept promettait également une vie meilleure pour toute la société. Tous les aspects techniques, éthiques, voire politiques par moments, étaient abordés également. Quant au financier Steinbruck, il prenait des notes et patiemment échafaudait des plans. Par moments ses yeux brillaient. Rien n'était laissé au hasard. D'un autre côté, Yves jouait pleinement son rôle d'architecte. Par moments, il regardait la nature tout en écoutant les intervenants. L'immense baie vitrée de la salle donnait sur une forêt dont les premiers arbres étaient très proches des vitres. De temps à autre, un gros oiseau au plumage brun et au bec noir s'arrêtait sur une branche. On ne savait plus très bien à ce moment-là, qui observait qui.

Souvent les discussions de travail continuaient ou commençaient pendant les repas. La conclusion de ces trois jours était simplement époustouflante. L'enthousiasme envahissait la salle. La société qui venait d'être créée et portait le nom de 'Centre de sécurité et stabilité comportementales' abrégé par 'CSSC', devenait propriétaire de cette technologie et allait pouvoir proposer le concept de 'Prime de vie' à toutes les autorités responsables de villages, villes, régions et pays.

De long mois de travail en laboratoire permettaient d'aboutir à trois constatations majeures:

Premièrement, la détection du stress d'une personne, lié à son environnement, est une chose acquise et réalisable. L'analyse de ces situations est simplifiée par de puissants logiciels en constante évolution. La récolte de données s'effectuera par les infrastructures existantes.

Deuxièmement, l'émotion d'une personne qu'elle soit positive ou négative indépendamment de son environnement est détectable. L'analyse ainsi que le contrôle des faits qui ont produit cette émotion et la mise en conformité avec les textes de lois sont solutionnés par du logiciel également. Les communicateurs permettront quant à eux, la suppression du libre arbitre chez cette personne en recréant un stress émotionnel répertorié spécifique. Une confirmation par la technologie 'Sound intruder' sera envoyée à cette même personne lui confirmant que son libre arbitre est neutralisé pour une durée déterminée selon la gravité de l'infraction. Chaque personne ayant un 'PDA' est potentiellement filtrée par le 'Centre de sécurité et stabilité comportementales - Le 'CSSC'. La sentence peut être confirmée par une autorité tierce.

Troisièmement, il sera possible d'anticiper des actes répréhensibles par une analyse minutieuse des cartes selon le niveau de stress. Ceci afin d'éviter des situations pouvant déclencher un comportement nuisible à la société.

Pour Yves et l'équipe qui travaillaient sur ce projet, la boucle était bouclée. Il semblait que finalement, l'homme pouvait être maître de ses déviances grâce à une technologie bien en place. Il y avait non seulement le côté répressif et préventif, mais également palliatif. Ce n'était aujourd'hui plus qu'une question de volonté politique.

De la théorie à la pratique.

Yves Walden n'avait pas cessé ses activités de conseiller communal dans son village de Borgon et ceci malgré son projet qui ne lui prenait pas trop de temps. En fait, les grandes lignes avaient été tracées et son rôle était maintenant ailleurs. Les séances communales montraient que les actes de malveillance ne diminuaient pas, mais étaient plutôt en augmentation. Bien sûr, pas de façon linéaire. Il y avait des mois calmes entre guillemets. Cependant, Yves constatait que tous ses collègues des conseils commençaient à perdre patience. Même ceux qui prétendaient toujours que les chiffres étaient exagérés, que finalement rien n'avait vraiment changé et que c'était toujours la faute de la société si ces actes étaient commis. Certes, sur ce dernier point Yves ne pouvait le contester. Et c'était bien là l'objet de toute sa démarche. C'était donc la société qui devait rétablir l'équilibre. Il convoqua le Conseil pour une présentation formelle de son projet. À ce titre, le 'CSSC' avait publié dans un but pédagogique et commercial, sous forme d'un petit film d'une quarantaine de minutes, son concept de prime de vie. Yves avait toujours ce film sur lui, dans son 'PDA'. Ce film présentait le concept et les expériences réalisées sur des personnes volontaires de toutes catégories d'âges. L'analyse des zones de stress, l'analyse du comportement ainsi que l'application de la justice suivis de l'application des peines quasi en temps réel. Le principe des communicateurs, avec un tableau de relations de diverses ondes entre elles et les résultats sur le comportement de l'individu. On y présentait également les aspects plus techniques et le mode de paiement. Le paiement était particulièrement intéressant pour les autorités, puisqu'en fait, les frais de base étaient très bas. Et que les primes payées uniquement s'il y avait des résultats restaient raisonnables par rapport aux coûts actuels de sécurité en cette fin de l'année 2019. On abordait les points juridiques. En effet, ce système était lui-même en conformité avec les dernières lois de cette décennie. La plupart des gouvernements occidentaux avaient mis en place des régimes de lois facilitant le contrôle de sa population. Le niveau de crime atteint depuis les années 2010, avait progressivement durci le système judiciaire. Cependant, les déviances humaines progressaient malgré tout. Ces chiffres d'ailleurs concluaient ce court-métrage.

Yves Walden attendait avec impatience les réactions du Conseil. C'était en fait un test pour lui, car c'était la première fois que l'on présentait officiellement ce concept. Il y eut un long moment de silence. Chaque conseillère et conseiller présent semblait avoir été déstabilisé par ce qu'il, qu'elle venait de voir. C'est comme si chacun avait soudainement pris conscience que cette technologie allait bouleverser le monde dans lequel il vivait. Que petit à petit l'implémentation de cette technologie infiltrerait la vie des hommes et la libérerait d'une souffrance ancestrale. Les yeux se crispaient, on recherchait de l'oxygène, quand Madame le maire de la commune de Borgon se précipita pour aller ouvrir la fenêtre de la salle du Conseil et s'exclama.

-On peut mettre ceci en place pour quand?

Pour Yves, le plus surprenant dans la réaction du Conseil, c'était que malgré leurs différences de sensibilité politique, tous suivirent le sentiment de Madame le maire, Stéphanie Biellen. Cette femme, d'une trentaine d'années, avait la réputation de peser le pour et le contre avant chaque décision. Ses détracteurs l'accusaient parfois de faire traîner les dossiers, mais cette fois, pour la séance du Conseil communal de Borgon, en date du 25 novembre 2019, elle avait accepté le concept de 'Prime de vie' à l'issue d'un simple film. En vérité, ce qui se dégageait de ce concept et ce qui l'avait décidée à l'accepter pour sa commune était principalement et avant tout l'espoir que générait cette technologie. L'espoir de maîtriser enfin le côté obscur de l'humanité, l'espoir d'appliquer des peines justes et l'espoir d'une société meilleure. Quant à Yves Walden, il s'employait à rassurer tout le monde sur la mise en place de ce concept, félicitait le choix de sa commune et témoignait d'une sincère émotion et de sa propre satisfaction. Il avait le sentiment que toute l'énergie investie dans ce projet, dans le 'CSSC', était finalement récompensée.

La séance se termina par l'établissement d'un agenda. Les travaux de mise en place seraient prêts pour le début du mois de décembre 2019.

La mise en place de l'infrastructure commença, se basant pour la majeure partie, sur l'infrastructure déjà utilisée pour la télécommunication. Quelques relais supplémentaires étaient implémentés ainsi que des mini-centrales de production d'électricité à piles à combustible alimentées par de l'hydrogène. La grosse partie du projet était l'aspect logiciel. On pouvait voir l'évolution du projet en temps réel au centre de contrôle 'CSSC' qui s'était établi dans les bâtiments de la zone de recherche d'une grande école technique sur la commune de Borgon également. Cela permettait de collaborer avec l'un des centres de recherche les mieux cotés en Europe et d'avoir non loin de son site une main-d'œuvre correspondant aux profils recherchés. Le 'CSSC' se trouvait dans un immeuble de plain-pied disposant de grands locaux et autonome d'un point de vue énergétique. On était entrain d'installer les écrans de contrôle de la salle principale ; la plupart étaient de type OLED et recouvraient les murs.

On pouvait facilement comparer l'ambiance de cette salle à celle d'une tour de contrôle d'un aéroport. La différence principale étant qu'aucune décision ne serait prise dans la salle de contrôle directement, mais envoyée pour validation, en tous les cas dans un premier temps, à différents offices compétents dans le domaine judiciaire. Ces offices recevraient directement l'émotion captée, ses motifs et la mise en conformité des faits provoqués par l'émotion avec les textes de lois et la sanction proposée. La sanction se mesurerait en temps, allant de la seconde à plusieurs années, voire une vie. Un simple clic confirmerait le jugement. Au fur et à mesure de la connexion, le quadrillage de la commune et l'analyse du niveau de stress par zones, s'affichaient graduellement sur la moitié de l'écran principal. Il y avait cinq niveaux de stress représenté par des couleurs, c'est-à-dire:

Le blanc pour un état de stress de niveau zéro, une équanimité qui se définit par une égalité d'âme et d'humeur, par une disposition affective de détachement et de sérénité à l'égard de toute sensation ou évocation, agréable ou désagréable. Une vie de moine.

Le vert représentait le stress qu'une personne de bonne humeur et sans émotion négative ressentait.

La couleur orange correspondait à une personne ayant des soucis, luttant pour faire transparaître un aspect positif de sa personne.

Le jaune quant à lui témoignait d'un niveau de stress déjà inquiétant. Une situation d'accident, ou une violence qui avait été ressentie et non consentie. Une agression subie ou donnée finalement. Une situation de Burn-out.

Le rouge était l'ultime stress ; on pouvait comparer cette couleur à une situation de guerre, c'était le point ou un être perdait tout contrôle sur lui-même, sur son esprit. Ce niveau de stress s'apparentait à la folie, à l'enfer.

La carte affichait différents niveaux de zoom. À chaque granularité, la couleur était calculée sur une moyenne de ces cinq niveaux. Bien sûr, un journal en parallèle à la carte à sa gauche, répertoriait chaque zone précisément et chaque fluctuation de ces niveaux de stress. Il y avait en plus des signaux triangulaires des cinq couleurs qui étaient prévus en cas de fluctuation. Les paramètres de contrôle étaient axés principalement dans les trois dernières couleurs. L'orange, le jaune et le rouge pour cette première expérience. Puisque le blanc et le vert étaient considérés comme des niveaux idéals pour la société. Mais au niveau de l'analyse, le blanc et le vert n'étaient pas négligés du tout.

Ces cinq couleurs allaient faire l'objet d'études spécifiques par les services du CSSC'. Cela faisait partie de son mandat également. Cette base de données qui allait se créer de jour en jour et au fur et à mesure de l'extension du concept à d'autres villages, villes ou pays, devait être utilisée afin d'agir en amont. C'était un point sur lequel Yves Walden avait insisté lors de la définition des buts de la société 'Centre de sécurité et stabilité comportementales'. Pour lui, c'était une question d'éthique. C'était un point également très attractif pour une autorité et en plus, monnayable pour le 'CSSC'. Le quadrillage des zones était calculé en temps réel. Ce qui permettait par exemple, de zoomer sur une zone où se déroulait un événement et d'en définir le niveau de stress quitte à intervenir de façon préventive. N'importe quel type d'événement, sportif, culturel ou politique. On pouvait également, sur la base d'un historique pour un événement de même type ou du même artiste par exemple, faire une prévision sur le niveau de stress du spectacle à venir. En d'autres termes, le niveau émotionnel qui avait été dégagé lors de ses derniers spectacles serait analysé et historié. Et pourrait par la suite être diffusé, avec les critiques de presse couvrant l'événement. Le concept 'prime de vie' allait créer une base de données pour laquelle personne n'imaginait encore toutes les applications possibles encore à venir.

Lors des séances quotidiennes auxquelles Yves Walden assistait, la quantité de données récoltées par cette technologie avait toute l'attention des protagonistes du projet. Les équipes du professeur Williams qui avaient pris de l'ampleur avec le jour J de la mise en place, étaient dans un état d'émulation incroyable. Les premières analyses et tests avaient déjà rassemblé une foule d'informations. Le détail des informations commençait à être classifié. La mise en place des analyses par zone s'imbriquait. On constatait une évolution des recherches au fur et à mesure que les données arrivaient au 'CSSC'. De son côté, le professeur Lachenal, qui travaillait principalement sur l'essence même du projet, c'est-à-dire la justice en temps réel n'était pas moins mécontent. Bien que la technologie ne fût pas mise en œuvre, l'analyse des émotions avait, quant à elle, commencé. Pour la commune de 'Borgon', il avait déjà pu constater, par rapport aux délits commis, que les données et analyses effectuées étaient tout à fait dans le vrai. Il n'y avait pas la moindre erreur ou mauvaise interprétation des données. On pouvait avoir quelques secondes de délai par mauvais temps uniquement, mais ceci ne diminuerait aucunement la fiabilité du système. Il avait effectué sur sa propre personne des simulations de peine, de l'ordre de quelques minutes et avait demandé à son équipe de bien décrypter son comportement pendant ces instants qu'il avait nommé 'PLA', pour privation de libre arbitre.

Le résultat était stupéfiant. Pendant ces instants en état de PLA, le professeur était beaucoup moins loquace, tout en pouvant maintenir un dialogue et des actions cohérentes. On ne distinguait aucun changement physique sur son visage. On pouvait par contre, voir au niveau de son regard une certaine immobilité de ses yeux. De plus, lorsqu'on lui demandait une action à l'encontre de règles utilisées pour la conformité, une phrase préprogrammée était prononcée automatiquement.

Dans le test, on basait la conformité sur le fait de ne pas manger l'un des trois parfums de glace à disposition sur une table. Ce que le professeur fit naturellement puisqu'il ne connaissait pas les règles de conformité. On lui demanda de se servir de trois parfums de glaces et de les déguster. La sensibilité de ce concept allait jusqu'à pouvoir identifier par l'émission des ondes d'une personne, ce qu'elle mangeait. Même si elle ne connaissait pas le nom de ce qu'elle mangeait, le déclenchement de signaux pour une saveur ou un produit avait été sauvegardé dans la base de données. Dans le cadre de ce test, la saveur de la glace au citron était utilisée comme produit à ne pas consommer.

À ce premier niveau de test, l'équipe suivait sur l'écran de contrôle, les données émotionnelles réceptionnées. On pouvait suivre sur l'écran un message d'alerte, précisément dans la zone où se trouvaient les bureaux du 'CSSC'. Le texte 'Règle de conformité #1_test' violée' apparaissait.

Un second message apparu quelques secondes après. 'Sanction proposée: 'PLA', trois minutes - Validation Manuelle S.v.p.'

L'assistant confirma la sanction. La seule chose que l'on pouvait remarquer, était que la tête de la personne sanctionnée se redressait pour trois secondes. Ces trois secondes représentaient le temps de diffusion du message de sanction. 'Vous avez violé la 'Règle de conformité #1_test'. Vous êtes placé en niveau 'PLA', pour trois minutes. Code d'historisation 3.' Ce message était uniquement perceptible par la personne sanctionnée grâce à la technologie 'Sound Intruder'. Une confirmation électronique arriva sur le 'PDA' du professeur Lachenal. Il s'était enregistré et son empreinte encéphalographique était répertoriée par le 'CSSC' et enregistrée dans son 'PDA' Ce qui permettait de l'identifier et ensuite de transmettre la décision via son 'PDA'.

-Damien! Veux-tu prendre encore de la glace au citron?

La réponse orale du professeur Damien ne venait pas cette fois de son libre arbitre, elle était:

-Non, ceci n'est pas conforme à la 'Règle de conformité #1_test'! Je suis actuellement en état de conscience PLA, pour encore 12 secondes. Votre incitation à violer la loi est actuellement transmise pour analyse au 'CSSC'.

On pouvait ici également débusquer les personnes incitant aux violations des lois et règles.

Il y avait non seulement dans ce concept le contrôle des règles et lois, l'application des peines, mais en plus, lorsqu'un être humain faisait l'objet d'un jugement, il ne lui serait plus possible de commettre d'autres délits puisque son libre arbitre lui était supprimé.

Les tests de laboratoire étaient maintenant concluants.

La population avait été informée du concept de 'Prime de vie' par diverses séances et courriers ou l'on incitait les gens à s'enregistrer, ou plutôt à enregistrer leur empreinte encéphalographique si cela n'était pas déjà fait. Cette empreinte était déjà utilisée dans le cadre des transactions commerciales via mobile. De toute façon, même une personne non enregistrée serait soumise au concept. Simplement, son identité ne serait pas connue directement. C'était le plus sûr des contrôles de l'identité d'une personne. Car celle-ci est unique et est valide uniquement quand l'individu est en vie. Le taux d'enregistrement de l'encéphalographie des citoyens et citoyennes atteignait quasiment les 100%. Le reste des gens qui n'étaient pas enregistrés maintenant sur la commune comprenait soit des personnes très âgées ou alors des nourrissons. Les autorités avaient vanté le système garantissant la sécurité et surtout mettaient en avant le pas que ce concept apporterait à la société et plus tard au monde. Un pas montrant le chemin du progrès, un pas vers plus de justice et de paix.

Au matin du 15 novembre 2019, le 'CSSC', commença les premiers tests pratiques dans le périmètre de la commune. Il s'agissait juste de rapporter les délits effectués et d'en établir l'inventaire sans pour autant activer l'application des peines. Tout le monde était réuni dans la salle de contrôle du 'CSSC'. On aurait pu penser au lancement d'une navette chargée de construire la première base lunaire. Il y avait maintenant une année que les travaux sur la lune en vue de construire la première station habitable avaient commencé. Mais en ce jour, pour le 'CSSC', il s'agissait d'autres travaux beaucoup plus terre à terre. L'ouverture des émissions de contrôle fut activée à 08h01 très précisément. Les deux phases, soit l'analyse du stress par zone et l'application des peines ont été lancées. On pouvait sentir un grand stress du côté des autorités. La police était également présente et avait été impliquée dans le projet bien évidemment. Le commandant de la police communale assisté de deux agents était curieux du résultat. Il était également là à la recherche d'informations qui lui seraient utiles encore dans les dossiers qu'il aurait à traiter. Puisque bientôt, les tâches de la police allaient considérablement changer.

Damien Lachenal pilotait la mise en œuvre.

-Activation de la détection du stress par zone géographique' Ok!

-Activation des modules de justice en direct avec validation de peine' Ok!

La carte s'assemblait sur l'écran. On pouvait déjà distinguer les différentes couleurs affichées. Il n'y avait à cette heure pas de couleur rouge qui représentait le niveau de stress ultime. Par contre, sur les grands axes et au niveau de la gare, ces zones affichaient une belle couleur orange. Démontrant que la population empruntant ces axes était très soucieuse et stressée. Le reste de la carte affichait la couleur verte, ce qui témoignait d'une humeur joviale. En zoomant sur le monastère tibétain, on constatait même certaines zones blanches. Le même zoom était fait sur la zone ou se trouvait l'église de la commune. Et, là aussi, on pouvait discerner quelques zones blanches.

Soudainement, vers 08H20, dans la zone des gares, deux triangles, l'un rouge et l'autre jaune, s'affichèrent. L'historique de l'événement apparaissait dans la marge de l'écran. On y avait l'identification des personnes en cause et la référence de la loi violée. Il s'agissait d'un vol de sac à main, répertorié sous la règle numéro 28.4.3. Un message s'affichait avec une proposition de suppression de libre arbitre pour trois mois. Ce message n'était pas validé par la partie juridique puisque nous étions en phase test. Un instant plus tard la radio du commandant de police s'alluma.

-Ici agent 24, on me signale un vol de sac à main dans le quartier de la gare. Le délit a été commis, il y a quatre minutes environ! le commandant de police se saisit de sa radio et communiqua. Ici Garnier, commandant, je reçois votre message, l'auteur du délit se trouve actuellement dans la rue des Épiceries. Veuillez vous diriger vers cette rue!

-Ici agent 24! Mais comment le savez-vous commandant, questionna l'agent?'

Le système mis en place par le 'CSSC' était très performant en ce sens que si une personne commettait un délit, elle était repérable en temps réel, tant que le jugement et l'application des peines n'étaient pas rendus. On y voyait le triangle rouge évoluer dans la ville. L'identification était déjà transmise et l'on connaissait donc la personne en infraction. Le commandant consulta le nom du voleur et le transmis par radio aux agents.

-Dépêchez-vous avant qu'il jette le sac! C'était un client connu comme on disait dans la police.

-Très bien entendu chef, nous y allons.

Une minute plus tard:

-Ici agent 24, le voleur a été intercepté et reconnaît les faits! Nous le conduisons au poste. Terminé!

Le commandant confirma.

-Très bien!

On venait d'assister pour la première fois à la puissance de ce que la technologie de 'Prime de vie' était capable de faire. Les autorités présentes en étaient restées sans voix.

-Très bien, très très bien! S'exclama le commandant Garnier. J'avais des doutes, mais maintenant je suis convaincu. Cette technologie va nous faciliter la vie. Je pense même que nous devrions passer en mode d'application des peines beaucoup plus tôt.

Le professeur Damien Lachenal prit la parole.

-Je vous comprends, mais nous avons des tests à confirmer encore, mais je suis également satisfait que nous ayons pu démontrer aussi vite la valeur de notre concept qui aidera nos sociétés et dans un premier temps, la commune de Borgon. Vous serez présent aujourd'hui pour cette journée clef, je l'espère commandant?

-Je n'en raterai pas une minute!

Durant toute la journée, la performance du système avait été sans faille. Elle avait permis de neutraliser les auteurs de:

Cinq vols à l'arraché, six dommages à la propriété, quatorze violations du code de la route avec risque de causer la mort. Il y avait également une dizaine de cas de violence, soit conjugale soit tout simplement gratuite, ce qui fait que les cellules de la prison de commune avaient été remplies en un jour. D'habitude, les quatre-vingts pour cent de ces délits n'auraient jamais été jugés.

En parallèle au suivi de la criminalité, l'étude des zones de stress par l'équipe du 'CSSC' se mettait gentiment en place. Sophie Wallenberg était responsable de cette analyse. Son équipe étudiait toutes les associations d'ondes sur les zones pouvant créer un niveau élevé de stress et d'anxiété. Les premières études se concentraient sur la gare et ses alentours. Il était commun que les gares regroupent une population stressée, ceci principalement du à l'effet de voyage, voire une trop grande promiscuité, mais ceci ne pouvait suffire à expliquer ce niveau de stress. En regroupant tous les paramètres de cette zone, Sophie Wallenberg avait mis en avant que la combinaison des ondes émises par chaque personne, associées aux bruits des pas de la foule sur les passages bétonnés de la gare, provoquait un effet de stress en spirale. C'est-à-dire que tout nouvel individu qui arrivait dans cette zone, percevait inconsciemment le stress de la foule et ajoutait de cette manière un stress supplémentaire. Une solution simple était proposée. Diminuer le bruit des pas de la foule. Cette étude fut proposée aux autorités communales. Décidée à jouer à fond cette expérience, Madame le maire Stéphanie Biellen mandata le responsable des infrastructures de la commune pour trouver une solution.

La commune de Borgon était une commune assez importante de l'arc lémanique. Sa gare se trouvait sur un carrefour fréquenté par une population de pendulaires très importante. En 2019, même en Suisse, les déplacements pour le travail pouvaient facilement atteindre 200 kilomètres. C'était effectivement un quartier à problèmes où des conflits arrivaient presque aussi souvent que des Intercity. On entreprit de changer complètement le sol des passages de la gare et de le remplacer par un nouveau matériau composé de nanostructures absorbant les bruits et produisant par la même occasion de l'énergie. Les travaux commencèrent la semaine suivante. Les robots d'ingénierie civile se mirent en place dans la nuit du lundi au mardi. Ces robots étaient capables avec leur rampe agrémentée de diverses foreuses et tapis de récupération des matériaux, de creuser les sols à la vitesse d'un homme au pas. Ils laissèrent la place à d'autres robots équipés de diffuseurs reliés à une unité centrale et chargés de combler les artères laissées béantes, avec ce nano-matériel vert. La couleur avait été spécialement choisie et recommandée par le 'CSSC'. C'était une couleur apaisante. De plus, lorsque l'on marchait sur ce nouveau sol, le bruit des pas était divisé par trois. On avait le sentiment de marcher sur un chemin de terre fine tassée en pleine forêt, mais sans aucune poussière. Un système d'ambiance phonique avait été installé également. Il diffusait une micro-ambiance de bord de forêts, le son était à peine perceptible. Mais ceci allait profondément modifier le stress des personnes empruntant la zone de la gare.

Le mardi matin dans la salle de contrôle du 'CSSC', madame le maire était présente afin de vérifier l'impact de ces travaux. L'écran de contrôle affichait maintenant pour la zone de la gare une belle couleur verte. Encore une fois, les théories du 'CSSC' étaient vérifiées dans la pratique. En fin de journée, les statistiques étaient là également pour confirmer le changement de couleur de cette zone. Le nombre de délits pour la journée avait simplement été divisé par dix. On passait de trente délits en moyenne à trois pour ce jour. Une occasion supplémentaire de prouver que ce concept apportait vraiment une solution à toutes les sociétés soucieuses du bien-être de leurs citoyens.

Les quinze jours de la phase de test étaient terminés. Le Conseil communal de la ville de Borgon se réunissait pour décider de la suite de cette expérience c'est-à-dire de passer en mode d'application des peines automatiques. Yves Walden prit la parole:

-Mes chers collègues, mes chers partenaires et amis. Nous voici réunis dans ce Conseil afin d'entériner ce concept de prime de vie sur lequel nous avons durement travaillé depuis plus d'un an. Je me rappelle encore combien je fus désespéré par cette situation dramatique au sein de notre commune, ne pouvant que constater, impuissant, le nombre de délits en augmentation et finalement sentir petit à petit notre société partir à la dérive. Mais, nous voici tous aujourd'hui à l'aube d'un grand jour, non seulement pour notre commune, mais pour l'humanité entière. Ce jour où finalement nous pourrons contrôler nos déviances avec un moyen juste pour avancer définitivement vers plus de justice et de sagesse et tout cela pour le plus grand bien de l'humanité. Nous avons pu démontrer qu'avec le concept de 'prime de vie', la vie serait enfin évaluée à sa juste valeur, plus rien de mal, aucune violation ne pourront être commis sans que la justice soit rendue. La justice rendue de façon juste, précise et efficace. Je vous remercie tous, sincèrement, du fond du cœur.

Le Conseil se leva et applaudit. Madame le maire et les membres du Conseil acceptèrent à l'unanimité la phase finale du projet. C'est-à-dire l'application des peines en temps réel, par la privation du libre arbitre'.

Une autre société.

En date du 1er décembre 2019, au centre du 'CSSC', toute l'équipe était réunie. Aussi bien le personnel technique, les juristes, les chercheurs, les assistants que les professeurs. L'équipe de juristes avait été considérablement étoffée. Elle atteignait le nombre de vingt-sept personnes. Elle était chargée d'intégrer les lois dans le système, ou plutôt de s'assurer que ces lois soient bien dans le système. Elle s'occupait également de définir les peines de privation de libre arbitre pour chacune de ces lois en combinaison ou non avec d'autres violations de lois. Finalement, elle reportait les statistiques aux clients. La responsable de ce département s'appelait Madame Béatrice Muller, une cinquantaine d'années et une forte expérience en tant que juge dans différents tribunaux nationaux et internationaux. Mariée à un agriculteur de la région, elle s'était fait connaître auprès des autorités et de la petite délinquance par ses jugements expéditifs, mais toujours très appropriés. Elle avait un fils d'une trentaine d'années qui travaillait sur l'exploitation avec son mari. Son nom était Paul. Son mari avait justement été impliqué dans plusieurs programmes de réinsertion pour jeunes désœuvrés. Les clients de son épouse, disait-il. Ces clients, il les prenait en charge à la ferme pour des périodes plus ou moins longues. Sur le moment, ces jeunes, au contact des animaux de gros gabarits comme des vaches, des chevaux et cochons redevenaient naturellement beaucoup plus humbles et les choses se passaient en général assez bien à la ferme. Le problème étant que, relâchés dans leur quartier, une majorité d'entre eux retombaient dans leurs travers. C'était pour cela en fait, que Béatrice Muller avait accepté ce poste. Pour que le taux de 'rechute' soit nul. Cette femme de grande autorité possédait un talent de communication hors pair. Elle avait très bien compris le concept de la prime de vie et son potentiel au niveau planétaire. Mais pour le moment, elle se concentrait avec son équipe sur ce premier exercice réel.

Le professeur Thomas Williams prit en charge les opérations de mise en place de l'application PLA.

-OK! Tout le monde est à son poste s'il vous plaît! Nous allons procéder à l'application des peines en temps réel. Attention, je répète, ceci n'est pas un test. A mon signal, l'application des peines sera mise en œuvre, veillez à bien contrôler tous les écrans et informations que la base va nous communiquer. Attention, dix! Neuf! Huit! Toutes les personnes présentes étaient bien à leur affaire. Les fronts humides, beaucoup se réajustaient sur leur chaise et chacun, au fond de lui, avait une certaine appréhension. Notamment le financier Monsieur Guy Steinbruck qui, au fond de lui, pensait déjà à la prochaine étape de développement et n'imaginait pas, ne voulait pas imaginer de problème sur l'application des peines en temps réel.

-Trois, deux, un! Application des peines en temps réel en production! Voilà, nous y sommes, Ok! Rassurez-vous, il ne devrait pas y avoir beaucoup de jugements aujourd'hui, cela fait un moment que nous avons mis le concept en place pour les tests. Beaucoup de gens non conformes sont en prisons déjà, mais vous savez comme sont les gens.

Le professeur Thomas Williams se leva et emmena avec lui Yves Walden, Damien Lachenal et Guy Steinbruck dans une salle de conférences réservée aux membres de la direction du 'CSSC'.

-Mes chers partenaires, c'est un grand jour!

-Oui, confirma Yves Walden, un grand jour!

Le professeur Williams sourit tout en regardant Yves Walden dans les yeux. Il reprit son discours.

-Je voulais vous parler d'une nouvelle. Comme vous le savez, notre projet est suivi par beaucoup de monde déjà et la semaine dernière, vous vous souvenez, j'étais à New York avec mon amie Moreko. Ah oui! Elle te salue Yves!

-C'est sympa! répondit Yves.

-Et bien le sénateur de New York a été complètement subjugué par ce projet et il veut que son état, l'Etat de New York, applique cette technologie.

Damien Lachenal prit la parole:

-Oui, c'est bien, mais nous devons valider encore quelques points, je pense?

-Certes, mais néanmoins je pense que nous devrions, d'ici à la prochaine semaine, réfléchir à la modalité de propagation du 'CSSC' afin de ne pas paraître trop surpris par une demande qui ne va que grossir.' Répondit le Professeur Williams.

-C'est très intéressant! Je vais y réfléchir! Rajouta Guy Steinbruck.

-Oui, nous en reparlerons la semaine prochaine, mais retournons à la salle de contrôle pour l'instant, j'ai l'impression que nous avons reçu notre premier signal de non-conformité. Conclut Yves Walden.

Yves Walden s'empressa de sortir de la salle de conférences et enjamba l'escalier central du bâtiment pour arriver à la salle de contrôle.

On voyait sur l'écran le triangle dans la zone ou la violation de la règle avait été commise. Le détail des faits était reporté dans une marge de l'écran de contrôle. Il s'agissait d'un vol effectué dans l'avenue principale, dans un magasin de vente d'alcool. Un homme d'une vingtaine d'années avait placé une bouteille dans une manche de sa veste et passé la porte du magasin. Quelques secondes à peine, le système l'avait identifié et appliqué la peine. Une peine de trois jours de privation de 'PLA' dont la confirmation lui avait été envoyée sur son 'PDA'. Le message était très explicite. "Vous avez violé la règle de conformité #43.67_vol à l'étalage. Vous êtes placé en niveau 'PLA' pour trois jours. Code d'historisation 01.12.19.1_bgn. Validation automatique. Vous devez rapporter l'objet volé." L'homme lisant ce message semblait hésiter, mais du fait qu'il avait été placé en suppression de PLA, il n'avait plus aucune possibilité de prendre l'initiative de violer une autre règle. Il pouvait, soit rendre l'objet, soit l'acheter.

Sa pensée était maintenant sous contrôle en ce qui concerne le suivi de la loi. Il retourna dans le magasin et reposa la bouteille où il l'avait prise. Le vendeur présent dans le magasin constata les faits. Chaque citoyen avait reçu, quelques jours avant la mise en œuvre de l'application automatique des peines, une circulaire d'information. Une phrase lui vint à l'esprit.

- Eh bien je vais pouvoir faire des économies sur la sécurité.

Au centre de contrôle du 'CSSC', la responsable de l'équipe de juristes avait rejoint les partenaires dans la salle de contrôle.

-Eh bien, voici notre premier dossier, expédié en moins de quatre secondes. Quand j'y pense, un cas comme celui-ci nous aurait pris quatre jours pour le traiter entre l'arrestation, le procès verbal, le jugement, vous vous rendez compte?

Elle fixa un bref moment Yves Walden.

-Oui, je m'en rends bien compte.' Acquiesça Yves Walden.

Une heure après, un deuxième signal s'affichait sur l'écran. Il s'agissait d'une violation du code de la route, un excès de vitesse. Mais cet excès de vitesse était particulier. Le Commandant de la police venait en témoigner une heure après personnellement au centre. Il s'adressa au Département Juridique, à Madame Mueller.

-Madame Mueller, c'est incroyable! Vous savez, l'excès de vitesse de ce matin?

-Oui, tout à fait' Eh bien, ce n'était pas un simple excès de vitesse.

-Comment ça?

-Cet homme venait de casser une poste dans la commune voisine, c'est-à-dire hors zone de contrôle par 'le CSSC. Arrivé dans la zone de contrôle, il a été sécurisé par le système. Il a d'abord ralenti son véhicule et s'est spontanément arrêté, ce qui fait que nos collègues qui le prenaient en chasse l'ont intercepté et arrêté. Ils l'ont ainsi transféré dans la prison du canton voisin.

-Très intéressant! Constata Madame la juge, notre zone de contrôle permettra également d'assurer une collaboration de ce genre. Tout individu pénétrant dans une zone de contrôle par le 'CSSC', devra bien faire attention à la moindre bavure. De plus, nous devons procéder à la propagation des zones de contrôles au plus vite.

-Parfaitement et d'ailleurs nous allons en parler avec les polices de la région.

Vers 17H00, les responsables se réunissaient dans une salle de conférences afin de faire le point de la journée. Au total, il y avait eu 12 cas de privation de libre arbitre appliquée automatiquement. Madame Béatrice Mueller les présentait à l'écran.

-Alors, nous avons eu aujourd'hui 1er décembre 2019:

1) Un vol à l'étalage - trois jours de 'PLA'.

2) Un excès de vitesse - 30 jours de 'PLA', a).

3) Deux dommages à la propriété - cinq jours de 'PLA'.

4)   Deux conduites en état d'ébriété - 20 jours , b).

5)   Trois cas de menace physique sur personne.- 10 jours.

6)   Un cas de viol - deux ans de 'PLA'.

7)   Un cas de harcèlement dans une entreprise. - Six mois.

8)   Un cas de vente de stupéfiants. 20 jours, c).

Le professeur Damien Lachenal demanda la signification des petits a, b et c).

-Et bien le cas a) est un contrôle de violation sur un individu provenant d'une zone non contrôlée, tandis que le cas b) est particulièrement intéressant. En effet, ces deux personnes, au moment d'enclencher la marche de leur véhicule ont été sécurisées. En fait, ils n'ont pas pu prendre leur véhicule. Ce qui fait que nous avons évité potentiellement des accidents à venir.' Quant au cas c) nous allons tarir le marché par le manque de dealers. En plus, un des cas de menace physique sur une personne a été commis par un toxicomane. Il a donc été sécurisé, mais ce qui est intéressant, c'est que le processus de sécurisation inhibe l'effet de manque. Ce qui permet en quelque sorte de sevrer le toxicomane lui-même.

-Oui, c'est très intéressant', confirma à son tour le professeur Thomas Williams. Notre technologie joue le rôle de filtre. Elle a non seulement un côté répressif, mais elle peut dans certains cas avoir un côté préventif.

-C'est très prometteur.

Quelques jours plus tard au Conseil municipal de la commune de Borgon, Yves prenait note des appréciations des autorités. Madame la maire Stéphanie Biellen, s'adressa en ouverture de la séance à ces membres:

-Chères conseillères et conseillers de la commune, le bilan de la semaine de mise en place du concept de prime de vie avec l'application des peines en privation de libre arbitre est un grand succès. En l'espace de trois jours, nous sommes passés d'une dizaine de cas par jour à deux. En ce qui concerne les habitants et commerçants de notre commune, ce ne sont que louanges et remerciements. Le climat de notre commune redevient normal. Nous ne pouvons que nous en féliciter. Bien sûr, tout n'est pas réglé car nous ne vivons pas sur une île, mais nous sommes sur la bonne voie. A propos d'île, je propose d'allouer un budget à la communication pour la propagation de ce concept et, en remerciement encore une fois à notre Conseiller Yves Walden, à la promotion de la société 'CSSC'. J'en profite pour vous demander d'applaudir notre confrère Monsieur Yves Walden par la même occasion.

Toute l'assemblée se leva et applaudit Yves. Il ne put retenir ses larmes. Il avait pour la première fois, le sentiment profond d'avoir contribué à l'amélioration de la vie de sa commune. Il savait maintenant que son projet allait prendre des dimensions auxquelles il n'avait pas réellement pensé. La propagation de son concept allait pouvoir commencer.

Propagation.

Une semaine après avoir procédé à la mise en œuvre du concept de prime de vie, différentes autorités et administrations du monde occidental et, pour les grandes mégapoles, oriental, avaient déjà pris contact avec le 'CSSC' afin d'implémenter ce concept sous leur juridiction. Il était naturel que tout le monde dans la société s'en réjouisse, mais la propagation nécessitait la création de plusieurs nouveaux procédés afin de pouvoir l'assurer à d'autres zones. La première démarche étant de regrouper les nouvelles zones d'une façon géographique et d'assurer la compatibilité juridique entre elles. Il devait y avoir les mêmes règles au sein des grandes zones, afin de facilité la mise en place. Bien que des lois locales puissent être spécifiquement appliquées à une zone définie par la suite, l'implémentation était plus ordonnée et efficace de cette manière. La deuxième démarche étant d'assurer l'engagement et la formation de juristes compétents afin de mettre à jour les lois pour ces nouvelles zones. Et enfin, il y aurait l'engagement du personnel technique pour en assurer la maintenance. Il était possible de couvrir une zone comme la France en un mois avec les lois nationales et un autre mois pour les lois locales. L'infrastructure logistique était déjà en place quasiment. Toute l'intelligence était dans le logiciel de traitement de données ainsi que l'émission des ondes pour le contrôle du comportement. En 2020, la couverture de la planète dans le monde occidental atteindrait le 98%, les deux pourcent des zones non couvertes représentant des zones de non-vie. Les zones de non-vie avaient été créées dans les années 2015, elles représentaient des zones où la pollution avait anéanti tout espoir de vivre à l'intérieur de celles-ci. Toutes provenaient du dépôt de déchets hautement toxiques, entreposés sauvagement, voire brûlés illégalement. On en trouvait un peu partout sur la planète. Leur surface allait de quelques kilomètres carrés à une centaine. La toxicité de ces zones ne permettait plus à l'homme d'y résider sans attraper des cancers, virus et autres maladies respiratoires. Le simple fait d'y passer était synonyme de mort dans les mois à venir. D'ailleurs, l'accès à ces zones était fortement militarisé.

Pour la partie orientale, des mégalopoles s'étaient constituées lors de ces dix dernières années, regroupant plus de 70 pourcents des populations de leurs pays. La densité de leur population avait poussé leurs autorités à édicter des lois propres à leur cité. Des lois différentes que leurs lois nationales. On ne pouvait plus considérer une loi de la même façon que l'on soit un paysan du nord de l'Inde vivant dans une communauté de villages peuplés de quelques centaines d'âmes sur une surface grande comme la moitié de la Suisse ou que l'on vive à Mumbai avec sa population atteignant les trente millions d'habitants pour environ 700 kilomètres carrés. Les priorités étaient différentes pour une autorité en fonction de l'impact du mode de vie d'un citoyen sur son environnement. Un villageois bloquant une rue de son village pour décharger de la marchandise pendant cinq minutes allait immobiliser deux autres personnes voire trois se trouvant sur la même route dans cette région. À Mumbai, les blocages d'une rue de la ville pouvaient arrêter vingt mille personnes et plus suivant le quartier. Ces autorités avaient, avec le temps, adapté leur système juridique à ces mégalopoles. Dans ce sens, le concept de prime de vie allait faciliter le flux de ces monstres urbains.

Une première mise à jour du concept, avait été implémentée après quelques expériences. Il fallait, dans certains cas en fonction de la violation d'une loi ou d'une règle, établir un comportement sollicité de la personne. En d'autres termes, diriger ses actions. Ce point avait été demandé par les autorités de divers pays et zones. La suppression de libre arbitre ne suffisait plus dans certains cas. Lors d'agression physique par exemple, on exigeait de l'agresseur qu'il appelle la police lui-même et signale le fait. Ceci, pour être plus rapidement sur place, afin de porter secours à l'agressé qui pouvait avoir perdu connaissance. Une demande avait été faite par l'ensemble des mégapoles, sur un point très spécifique. Jeter un déchet quelconque sur la voie publique devait entraîner le sécurisé à ramasser ce déchet lui-même et le déposer à l'endroit approprié. Ces métropoles économisaient, avec ces comportements sollicités, le nettoyage de tonnes par jour de déchets et augmentaient par la même occasion le taux de recyclage de ces derniers. Le comportement sollicité avait été mis au point par l'équipe du professeur Thomas Williams qui diffusait explicitement une instruction et focalisait la concentration de la personne sécurisée par la diffusion d'ondes touchant les fonctions de décision du cerveau. La collection de données augmentait de façon considérable, mais procurait au 'CSSC' des éléments de recherche impressionnants. Les recherches avançaient de façon exponentielles. En moins de 12 mois, la moitié de l'Europe était sécurisée, une bonne partie des Etats-Unis, ainsi que la plupart des grandes métropoles orientales. La propagation était en route, Yves Walden avait estimé qu'à ce rythme, en 2022, les Amériques, l'Europe, les métropoles orientales et l'Australie seraient sous licences 'CSSC'.

La société 'CSSC' grandissait, grandissait et grandissait. On pouvait compter cinq mille employés. Elle conservait toujours son siège sur la commune de Borgon, mais avait maintenant de nombreuses succursales à travers le monde. Sa technologie avait progressé et se déclinait maintenant également pour le monde des entreprises. En 2021, le travail en entreprise de service, consistait à se débattre dans une administration effroyable. Cela devenait simplement inhumain. Le professeur Thomas Williams avait proposé d'adapter la technologie du concept de vie en règles d'entreprise, ou plutôt de gouvernance comme on disait. On pourrait très bien créer des règles et les sanctionner le cas échéant par une liste de comportements appropriés à chaque règle dès que l'une serait violée. Cela devenait un élément de marketing. On pouvait voir des entreprises mentionner dans leur présentoir des phrases comme:

Nos règles d'entreprise sont contrôlées par la technologie 'CSSC', ou 'Votre confiance ne sera pas trahie, nos règles d'entreprise sont certifiées 'CSSC' technologie.

Les médias donnaient des statistiques de niveaux de stress en reprenant les cinq couleurs du concept. On entendait à la radio les informations routières donnant le niveau de stress sur le Sunset Boulevard de Los Angeles.

-Niveau de stress au vert pour le Sunset Boulevard aujourd'hui, avec une température de 26 degrés Celsius et un ciel bleu. Une très bonne journée à nos auditeurs et auditrices avec la société 'CSSC' pour un monde meilleur et des entreprises sans reproche.

La déclinaison en entreprise était venue naturellement. Au début du XX^{le} siècle, les nombreux scandales pour fraudes et faillites de grosses entreprises ayant entraîné avec elles des sommes considérables d'argent privé et public, avaient facilité l'implémentation de cette technologie dans ce monde. Et finalement, cela facilitait le management de ces sociétés. La gouvernance d'entreprise une fois encodée par le 'CSSC', garantissait un processus bien structuré du travail. Tout était parfaitement contrôlé.

Dans la salle de contrôle du siège de la société 'CSSC', l'écran principal affichait une carte planétaire avec pour chaque zone les couleurs de niveau de stress. Cette carte à une grande échelle s'illuminait de milliers de scintillements représentant les points de contrôles dans les états qui avaient souscrit au concept de 'Prime de vie'. Les zones non couvertes étaient représentées par la couleur noire. En arrière plan, la délimitation du jour et de la nuit était visible et ajustée en temps réel. Il était tard, près de 23H00. Yves était resté faire le point sur la propagation du concept de prime de vie avec ses partenaires. Bien que les affaires fleurissent et que le monde petit à petit se sécurisait et se pacifiait, ce soir-là, il avait eu pour la première fois depuis le début du projet, un doute ou plutôt un pressentiment. Il pensait tout en regardant l'écran de contrôle,

-Est-ce le destin de l'humanité?

Le professeur Thomas Williams sentait que son partenaire Yves Walden était angoissé.

-Allons Yves, je comprends ton émotion, mais ne te laisse pas aller à ces sentiments qui proviennent de la fatigue. Nous avons tous beaucoup travaillé, mais maintenant notre objectif principal est presque atteint. Regarde, c'est incroyable ce que nous avons réalisé, ce que tu as imaginé est devenu la réalité dans notre société. Il n'y a plus de justice non rendue. Chacun est soumis aux lois et aux règles de nos sociétés et finalement de notre humanité. Personne ne peut y échapper. Tu as vu par toi-même les statistiques? Elles sont excellentes, non? De plus, les zones de stress de couleur rouge sont quasiment effacées de la carte. Nous avons même trouvé les racines de ce stress et nos conseils portent leurs fruits. N'est-ce pas Guy? Le financier Guy Steinbruck confirma en alignant une série de chiffres impressionnants:

-En effet Thomas, pour nos chiffres d'affaires dans les domaines des concepts de prime de vie, l'évaluation et solution des zones de stress ainsi que l'aide à la gouvernance d'entreprise atteignent pour cette année 2021 qui n'est pas encore terminée le montant de 125 milliards d'euros'. Le professeur Williams reprit la parole. Et d'un point de vue sanitaire, rien n'a été signalé. Avez-vous un commentaire Sophie? Sophie Wallenberg s'exprima par un petit exposé très technique reprenant des mesures de comportement et d'évaluation de capacité motrice et cognitive des personnes privées de libre arbitre.

-Il n'y a eu aucun incident en conclusion. De plus avec notre nouvelle version, nous avons une telle précision dans les commandes cognitives et les signaux que nous recevons par les communicateurs, qu'il nous est maintenant possible de prendre le contrôle instantanément de l'être en violation de conformité et en fonction du son acte, instruire un ordre spécifique. Ce qui permet par exemple, de lui demander d'appeler les services de secours ou même d'appliquer les premiers secours lui-même, qui sont bien évidemment pilotés par notre protocole. Nous avons pu sauver des vies lors d'agressions et blessures pouvant causer une mort probable sans intervention immédiate.

-Tu entends, nous sauvons des vies! souligna le professeur Williams. De plus, maintenant, la notion de récidive est vaine, puisque au-delà de la peine, la personne mise en conformité ne pourra plus jamais récidiver. Cet acte est neutralisé par contrôle mémoriel. Chaque tentative de récidive est instantanément bloquée. Et d'un point de vue déontologique, seules les personnes violant nos lois sont soumises à ces contraintes. Les gens comprennent maintenant que notre solution apporte une réelle plus value à leur vie. Nos sociétés civiles sont renforcées et respectées au-delà du monde occidental. Nous avons reçu des demandes de nouveaux pays. Les Émirats arabes sont très intéressés. L'Inde également, ainsi que l'Afrique. Le monde est maintenant prêt pour passer à un nouveau stade, le stade de la raison. Une nouvelle ère voit le jour. L'ère de la conformité est née.

Un silence s'était installé dans la salle de conférences, chacun avait été subjugué par ce discours, cette démonstration de faits avec cette logique implacable propre au professeur Williams.

Soudainement, les hauts parleurs de la salle se mirent à diffuser le son d'une alarme. Ce n'était pas l'alarme incendie. On pouvait entendre ce message inhabituel.

-Attention! La privation de libre arbitre a échoué sur l'individu 'X 23428' zone '32 12 P'. Attention! Demande d'intervention manuelle. La privation de libre arbitre a échoué sur l'individu 'X

23428' zone '32 12 P'. Attention! Demande d'intervention manuelle. Attention!

Tout le monde était descendu dans la salle de contrôle avec précipitation. La responsable des questions juridiques était également présente. La tension dans la salle était palpable. Madame Béatrice Muller avait l'historique de l'événement imprimé sur une feuille A4. Ses mains tremblaient.

-C'est incroyable!

-Qu'est-ce qui est incroyable? Répliqua Yves Walden.

-L'infraction commise est une banalité, mais lorsque l'application de la peine, qui se montait à 15 minutes avec instructions de rétablir la situation, a été envoyée, la prise de contrôle a été refusée.

-Comment ça refusée?

-Et bien oui!' Nous n'avons pas reçu de message de confirmation nous indiquant que cette personne était maintenant privée de libre arbitre avec la durée de cette peine. Nous n'avons pas non plus reçu de message d'erreur codifié nous permettant de rétablir la situation comme cela peut arriver.

-Eh bien, qu'avez-vous reçu? demanda Yves de façon énergique.

-Eh bien, le message communiqué en retour est le suivant:

-Vous ne pouvez prendre contrôle de mon esprit. Le chemin que vous avez pris ne conduira pas l'humanité vers la sagesse! Vous pouvez encore changer!

Béatrice Muller conclut.

-Fin de message.

-Avons-nous encore le suivi de cette personne sur l'écran? demanda le professeur Damien Lachenal. L'opérateur de contrôle répondit par la négative.

-Comment ça?

-Le signal X23428 a disparu de notre écran de contrôle.

-Avons-nous un enregistrement vidéo de la violation pour cette zone? Demanda le professeur Lachenal.

-Oui, cela s'est passé dans la ville de San Diego en Californie à one pm heure locale. La violation concerne la loi "désordre sur la voie publique art 23.125 Law Us CA". Voici les images.

Sur l'écran de contrôle, une partie de la carte était actuellement utilisée pour diffuser la vidéo. On pouvait voir un homme de dos, avec le crâne rasé, se dirigeant vers une poubelle, sortant d'un sac qu'il avait en bandoulière une pile de feuilles de papier d'une épaisseur d'un centimètre environ et volontairement les lancer en l'air. Avant de se retourner en fixant la caméra de surveillance avec un grand sourire comme une forme de salutation. Puis l'image se troubla et l'homme disparu du champ de la caméra. Cet homme avait l'apparence d'un moine bouddhiste tibétain.

Résistance.

Dans la salle de conférence du 'CSSC', tous les opérateurs ainsi que les professeurs Williams et Lachenal et leur assistants Béatrice Muller et Bernard Folet, vérifiaient un à un les protocoles de contrôle et de commande. On simula même la même fraude dans un environnement de test. On ne détecta pas la moindre erreur. Yves quant à lui, demanda de visionner la vidéo dans une salle séparée. Il s'était mis en rapport avec les autorités de la ville de San Diego. Le professeur Lachenal l'avait rejoint. En quadrillant les images du moine tibétain, il n'avait pu déceler aucun objet électronique pouvant éventuellement interférer avec les commandes du 'CSSC'. Le seul indice que les autorités de San Diego avaient pu récolter dans les robots nettoyeurs, étaient les papiers que le moine avait lancés en l'air. Il s'agissait de tracts. Il n'y avait aucun logo ni référence sur ces feuillets, aucune empreinte. Juste la même phrase qui avait été transmise électroniquement: 'Vous ne pouvez prendre contrôle de mon esprit. Le chemin que vous avez pris ne conduira pas l'humanité vers la sagesse! Vous pouvez encore changer!

Du côté de la police californienne, la morphologie du moine avait été numérisée et scannée dans la base de données mondiale regroupant toutes les informations sur un criminel. Mais le résultat ne donna rien. Les cybers abeilles renifleuses avaient fait leur travail afin de trouver toutes traces utiles ne pouvant être détectées à l'œil nu. Il s'agissait d'abeilles que l'on avait spécialement entraînées à parcourir des surfaces dans le but d'analyser toute odeur ou résidu d'odeur. Elles étaient en plus équipées de nanocristaux jouant le rôle de microscope ainsi que d'un nano-transmetteur qui transmettait tous les résultats sous forme numérique à une station de décryptage. Ces abeilles travaillaient à une seule condition, du nectar. Après quelques survols de la zone, elles se posèrent gentiment dans leurs ruches artificielles venant chercher leur récompense. Elles jouaient très bien le rôle de chien, mais avec une puissance olfactive incomparable.

Après quelques minutes, les données récoltées par les abeilles, donnèrent les premiers résultats.

-Nous avons trouvé des traces d'hydrogène sur le sol, ainsi qu'un morceau d'ongle provenant d'un doigt de pied commenta en visioconférence le commissaire Matt Larsen.

-Je vais rechercher l'ADN de cette personne sur la base de son ongle. Il y a dix ans que nous avons commencé à répertorier l'ADN de toute personne vivant sur le continent nord-américain. Avec un peu de chance, nous allons le trouver rapidement.

-Très bien! Répondit Yves.

-Je reste disponible par mon 'PDA', n'hésitez pas à me contacter même s'il est tard ou tôt en Europe.

Dans le même laps de temps, des téléphones provenant des Nations Unies étaient parvenus au 'CSSC'. Il y avait un certain malaise après cet incident qui avait déjà été reporté en haut lieu, car le concept de prime de vie avait été largement adopté par ses membres. On aimerait bien cerner rapidement le problème. Le Haut Secrétaire, le Saoudien chargé des questions de sécurité depuis 2018, ne voudrait pas qu'un 'Bug' mette en péril ce qui, pour la première fois depuis longtemps, était très efficace. Ses inquiétudes avaient été reportées dans la cellule de crise du 'CSSC' par le professeur Thomas Williams lui-même.

-Avons-nous des nouvelles sur cet incident? demanda-t-il dans le bureau de la cellule de crise.

-Et bien nous avons justement le dernier rapport du Commissaire Matt Larsen en visioconférence dans 20 secondes'. Commenta Yves Walden.

On voyait sur le mur-écran OLED de la salle, l'image de la planète terre vue de l'espace avec, en anglais, les détails de la connexion, à savoir le lieu, l'adresse, le bureau et le nom de 'Matt Larsen, une référence numérique suivie d'un compte à rebours indiquant les heures, les minutes et les secondes.

"San Diego – Ocean Beach 325- San Diego dept – Matt Larsen 00:00:01".

La connexion s'effectua, le commissaire apparaissait sur l'écran dans un bureau avec des murs blancs. Il était assis à une table rectangulaire avec, à côté de lui, un homme et une femme.

Yves Walden s'adressa directement au commissaire:

-Bonjour Commissaire, je vois que vous n'êtes pas le seul à faire le point sur l'avancement de l'enquête.

Il s'était passé six heures depuis la dernière visioconférence.

-Non, il y a avec moi deux agents du F.B.I., l'agent Stewart, Tom Stewart et l'agent Rich, Isabelle Rich.

-Bonjour à vous!

Les deux agents levèrent leur main droite en guise de réponse.

-Ces deux agents nous aideront dans cette affaire, vous aurez l'occasion de discuter avec eux plus tard, mais laissez-moi si vous le permettez, vous donner les résultats de mes dernières investigations.

-Ok! Répondit Yves Walden.

-Nous avons retrouvé l'homme grâce au bout d'ongle récupéré. Cet homme était bien répertorié dans notre fichier central. Cet homme travaille dans un centre de production d'hydrogène au nord de San Diego. Son casier judiciaire est complètement vide et jamais il n'a été privé de libre arbitre depuis que le concept de prime de vie a été implémenté en Californie. Quand nous nous sommes rendus à son domicile en fin d'après-midi, heure californienne, l'homme n'a témoigné aucune résistance. Il avait même l'air sincèrement surpris.

Yves Walden prit soudainement la parole:

-Mais quel moyen a-t-il utilisé pour arriver à se soustraire à la mise en conformité par le système?

Le commissaire continua:

-Aucun et c'est bien là notre grande préoccupation.

-Que voulez-vous dire?

-Eh bien, l'homme en question ne se souvient absolument de rien. Nous l'avons soumis à un test neuropsychique pour déterminer d'éventuelles lésions et voir s'il mentait. Cet homme est sain et ne ment pas. La seule chose qu'il a communiqué, c'est que sur le coup de dix heures du matin, il s'est assoupi sur un fauteuil dans son jardin et s'est réveillé une heure plus tard, environ. C'est exactement le créneau horaire durant lequel l'incident s'est passé. Cependant, nous avons analysé son 'PDA'. La mémoire du 'PDA' pendant cette sieste, autrement dit pendant l'incident, a été effacée.

Il y eut quelques secondes de silence dans la visioconférence. Au centre du 'CSSC', Yves Walden regardait successivement de bas en haut, la tête dans ses mains, ses partenaires les professeurs Thomas Williams et Damien Lachenal qui avaient tous les deux, les mains jointes et les coudes sur la table. Ils ne disaient rien, mais leur concentration était optimale. À ce moment-là, L'agent du F.B.I. Rich prit la parole dans la visioconférence. L'agent Rich était une femme d'une trentaine d'années, elle s'exprimait dans un anglais très clair et très épuré, pratiquement sans accent, au sens francophone du terme.

-Comment allez-vous Monsieur Walden? D'après nos services, il semblerait que, pour commettre cet acte de résistance, cette unité ou personne si vous le préférez, a été prise sous contrôle par la même technologie que celle du 'CSSC. C'est tout ce que nous savons pour l'instant. Nous n'avons pas de piste remontant aux commanditaires de cet acte.

L'agent Stewart prit à son tour la parole:

-Messieurs, nous avons besoin de votre coopération pour valider notre théorie et par la suite identifier la source de commande, si possible. Quant pensez-vous?

Yves Walden conclut:

-Nous allons essayer de valider votre hypothèse et le cas échéant essayer de remonter à la source.

-Merci encore pour votre aide, nous vous rappelons dans deux jours pour vous communiquer nos avancements.

À l'écran, les trois personnages acquiescèrent d'un signe de la tête. L'image s'effaça et l'image de veille de l'écran reprit place. Il s'agissait d'un poisson tropical pris de face avec comme seul mouvement celui de ses nageoires pectorales. L'image pivotait autour de lui de 90 degrés sur la droite de façon à le mettre en face du visage d'une femme, à hauteur du nez. Le fond de l'image était noir. Il n'y avait aucune séparation entre ces deux êtres. Cette image de synthèse ponctua un silence de quelques minutes. Personne dans la salle de la cellule de crise du 'CSSC' ne tenait à s'exprimer. Tout le monde commençait à réfléchir pour lui-même à l'hypothèse venant de l'ouest des Etats-Unis.

Le lendemain, toute l'équipe du 'CSSC' était à l'ouvrage pour essayer d'identifier la source qui aurait pu prendre le contrôle de cet individu. La seule possibilité serait de reprendre la même technologie utilisée par le 'CSSC', mais bien évidemment, d'en modifier le contenu. Cette hypothèse devenait de plus en plus forte au sein des cadres du 'CSSC'. La trahison ou la revente de la technologie n'était cependant pas possible. Car cette violation était codée en interne à cette société dans les règles de gouvernance et aurait été signalée immédiatement. Yves Walden, les professeurs Thomas William et Damien Lachenal s'étaient réunis. Ils abordèrent des scénarios divers. Damien Lachenal élimina assez rapidement le fait qu'un gouvernement ait pu utiliser ce concept pour son propre compte. Il n'y avait aucun avantage pour un gouvernement de prendre le contrôle d'un individu étranger dans un pays étranger et de lui faire commettre en plus un acte aussi futile, si ce n'est pour montrer qu'il maîtrisait la technologie du concept de prime de vie. Mais c'était le cas déjà. La définition du système était déjà en main du gouvernement. Le 'CSSC' n'agissait que comme consultant technique et organe de contrôle. Le 'CSSC' avait évolué à un niveau supranational et était partenaire des Nations Unies maintenant. La version 'Prime de vie - monde' qui se référait à toutes les résolutions et recommandations des Nations Unies, devait être mise en place dès la semaine prochaine. Un système pyramidal de lois avait été approuvé par les Nations Unies d'ailleurs.

On pensait maintenant monde, union de pays, pays, ville et village, puis entreprises et associations. Le concept avait élevé la société humaine à un niveau de justice jamais égalé jusqu'à présent. On pouvait le constater, tout allait pour le mieux. Moins de crimes, de violence et de guerres et surtout, moins d'injustice. Un monde presque parfait en quelque sorte. Du moment que toute loi était encodée selon son niveau, chacun y trouvait son compte. En tous les cas, les honnêtes gens. Et, vu que plus personne ne pouvait rester malhonnête sans être jugé, il n'y avait potentiellement plus que des gens honnêtes. C'était la conclusion de ce petit comité. Il fallait donc chercher ailleurs, conclut Yves Walden, mais pour l'instant, la priorité était l'implémentation du concept de prime de vie au niveau monde. On surveillera la situation de cet incident de près, mais ce n'était pour l'instant statistiquement qu'un petit bug.

Trois ans après les essais dans la commune de Borgon en Suisse, en juin 2022, l'implémentation au niveau du monde du concept de prime de vie était sur le point d'être réalisé. Les transmissions seraient appuyées par le réseau de satellites européens 'Galileo' sur son service 'Sol' Safety of Life Service sous mandat des Nations Unies. Ce réseau permettrait une couverture totale de la planète. Il n'y aurait personne qui pourrait se soustraire aux résolutions des Nations Unies, ni aux traités et conventions internationales.

Le travail de mise en place était sous le contrôle du 'CSSC'. Les juristes des Nations Unies communiquaient avec leurs équivalents auprès du 'CSSC. Ils leur transmettaient les données reformatées par fichiers informatisés qui, passés dans un logiciel, encodaient leurs directives. À deux jours de la mise en place de ce projet monde, Yves Walden réalisait que finalement, les Nations Unies prenaient tout leur sens grâce à ce concept de prime de vie. L'application de ces résolutions ne nécessiterait plus l'envoi de troupes, de batteries d'O.N.G., avec les risques d'échec que l'on connaissait. Si un conflit armé entre des seigneurs de guerres éphémères éclatait, le concept de prime de vie, suivant les résolutions, le neutraliserait dans une échéance très courte. Les crimes de guerre et autres atrocités seraient eux aussi jugés en temps directs. Tous les organes dépendants des Nations Unies étaient également inclus dans cet ensemble qui prenait maintenant le contrôle de la planète terre.

Lors de la séance d'inauguration à New York de l'implémentation au niveau monde du concept de prime de vie, deux jours plus tard vers 19H00, Yves Walden, le Professeur Williams et son amie Moreko, le Professeur Lachenal et leurs nombreux assistants, Madame Béatrice Muller ainsi que les plus hauts fonctionnaires des Nations Unies et divers chefs d'État, assistaient au discours protocolaire du Président des Nations Unies, l'Indien Arvin Bux. La zone de la cérémonie était survolée par des robots drones. Il y en avait de différentes tailles. Certains étaient propulsés par des moteurs à réaction, d'autres par des moteurs à hélices. Tous les moteurs étaient alimentés par des piles à combustibles. Ils étaient quasiment inaudibles. Leur mission principale était d'intercepter tout mouvement suspect et de le retransmettre à la police. Malgré les progrès généraux en matière de sécurité grâce au concept de prime de vie, l'épisode des tracts par ce pseudo moine tibétain, qui s'était déroulé il y a deux ans et qui était resté sans nouvelles de la part des agents du F.B.I., avait rendu prudents les responsables de la sécurité. On ne pouvait pas anticiper un dérapage avec le concept, on pouvait juste rendre justice immédiatement et éviter à jamais toute récidive pendant la mise en conformité. Le Commissaire Matt Larsen était sur place. Il s'approcha discrètement d'Yves Walden une fois que le discours fut terminé pendant que les invités commençaient à se faire servir des rafraîchissements.

Yves remarqua sa présence et s'apprêta à le saluer formellement. Yves Walden et le Commissaire Matt Larsen étaient restés en contact après l'incident des tracts. Ils communiquaient souvent pour faire le point et étaient devenus amis avec les années.

Durant l'échange de poignée de main, le commissaire remit une carte de visite à Yves Walden, puis, brièvement, transmis une information à son oreille gauche.

-'Je vous attendrai à 10H30 ce soir, c'est important.'

Puis il se retira tranquillement dans la foule et emprunta les ascenseurs des sorties. Yves Walden regarda la carte que le commissaire venait de lui remettre. Il y avait une enseigne et une adresse: 'Down the hill' 42nd street # 27 N.Y.'. Yves systématiquement scanna cette carte dans son P.D.A. En trois clics l'opération était terminée. Puis il agenda automatiquement ce rendez-vous à l'adresse de son dernier contact avec quelques manipulations supplémentaires. Yves Walden regarda devant lui et décida de se déplacer au bord de la terrasse afin d'admirer 'l'East River'. La rénovation du bâtiment des Nations Unies venait d'être achevée. Il était entouré de quatre terrasses verdoyantes. La terrasse 'Est' donnait sur 'Belmont Island', cette île artificielle strictement protégée car de nombreuses espèces d'oiseaux migrateurs venaient toujours s'y reposer. Ses yeux se perdirent dans cette petite île, son esprit s'échappa à son tour, quand le cri strident d'un des oiseaux tournoyant au-dessus de son nid le ramena à la réalité. Il se tourna vers la foule et aperçu près d'une table le professeur Thomas Williams avec Moreko. Il décida de les rejoindre. Le Professeur Williams était, comme à son habitude, en train d'animer la soirée, entouré de quelques prestigieux auditeurs. Il était en train de raconter en quelques mots l'histoire du 'CSSC' et, voyant Yves Walden le rejoindre, en profita pour enchaîner par ces quelques mots:

-Eh bien justement, l'homme le plus important dans cette aventure arrive. Voici Monsieur Yves Walden, c'est lui qui a eu l'idée et le flair de réunir les bonnes personnes. Les gens le saluèrent et continuèrent à être interpellés par les histoires très animées de Thomas Williams. Ils étaient complètement captivés par ses dires. Yves Walden, lui, ne pouvait s'empêcher de penser au rendez-vous de ce soir avec le Commissaire Matt Larsen. De quoi pouvait-il bien s'agir? Pourquoi ce rendez-vous de la part d'un officier de la police? Moreko s'était approchée de lui avec un verre à la main, elle lui porta un toast en prononçant ces quelques mots:

-Allons, détends-toi Yves, nous y sommes. Il n'y aura bientôt plus de raison de se faire du souci, notre humanité est maintenant en sécurité sans que la liberté n'en pâtisse et ceci, grâce à toi.

Yves Walden répondit:

-Oui, nous avons sécurisé nos sociétés tout en laissant le choix aux gens de franchir ou non la ligne rouge. Mais si cette ligne est franchie, nous appliquons notre justice humaine sans la moindre faille, maintenant et instantanément. Notre technique nous aide à nous contrôler. Nous limitons l'impact de nos pulsions. Oui, nous avons fait un grand pas. Oui, c'est vrai.

Une petite vibration sortait de son 'PDA', Yves Walden le saisit. L'écran de son 'PDA' affichait le rendez-vous prévu au 'Down the Hill'. Le temps avait vite passé. Il regarda Moreko dans les yeux.

-Excuse-moi, mais il faut que je parte. Je te souhaite une bonne fin de soirée.

Yves regarda Thomas Williams, puis lui fit un signe de la main en guise de salut. Il se retourna et se dirigea vers les ascenseurs de sortie. Arrivé au rez-de-chaussée, Yves rejoignit la queue d'attente des taxis. Tous les taxis de New York alimentaient un moteur électrique par une pile à combustible fonctionnant à l'hydrogène. De couleurs jaunes avec des portes coulissantes à l'arrière. On pouvait presque entrer debout. La cabine arrière du taxi pouvait accueillir six personnes assises sur deux rangées, séparées d'un couloir d'accès.

-Le 27 sur la 42ème s'il vous plaît!

Le chauffeur confirma la course sur un écran tactile situé au milieu du tableau de bord. Une confirmation sonore de l'ordinateur central indiqua le trajet et l'estimation du kilométrage de la course.

-Bonjour, merci d'avoir choisit notre Compagnie 'New Transport System'. Votre course de 7.8 miles durera environ 13 minutes et 50 secondes. Veuillez confortablement vous installer. Un choix de programmes musicaux est à votre disposition sur votre écran de service ainsi qu'une multitude de services. Toutes vos sélections seront facturées en sus de votre course selon le tarif indiqué. Si vous avez besoin d'assistance, n'hésitez pas à presser le coin assistance de l'écran qui se trouve en haut à droite de l'écran. Notre service d'assistance à la clientèle prendra directement contact avec vous par cet écran. Notre chauffeur reste atteignable par l'interphone de ce véhicule que vous pouvez actionner en appuyant sur le bouton vert au-dessus de l'écran. Nous vous souhaitons un excellent trajet.

Il n'y avait pas un écran tactile à New York qui ne permette de faire appel à un service, comme réserver une table dans un restaurant, faire ses achats par un web marchand. Yves Walden prenait conscience à quel point la technologie de l'information faisait partie intégrante de la société des années 2020. Il sélectionna pour le trajet un morceau de musique. Il s'agissait d'un morceau de Pink Floyd de la fin des années 70. 'Welcome to the machine'. Il se détendait en se calant sur la banquette arrière de ce taxi, étendit ses jambes et se mit à fredonner les paroles de la chanson en même temps que celle-ci était diffusée par les haut-parleurs du taxi. Une belle voiture pensait-il. Quelques minutes plus tard, le taxi s'arrêta au n° 27 de la 42ème avenue. Yves valida le prix de sa course transmis automatiquement sur son 'PDA'.

À part une grande porte et un couloir sombre, Yves Walden ne distinguait dans un premier temps, aucune enseigne du 'Down the Hill'. Il avançait dans le couloir où il y avait plusieurs portes. Il essaya de les éclairer à l'aide de son 'PDA', afin de trouver ce nom. Malheureusement sans succès. Finalement, il revint à la première porte du couloir, sur la droite et distingua un clavier numérique avec un bouton au-dessus, où les trois lettres 'D.T.H' avaient été gravées. Aucun bruit ne transpirait, il était difficile d'imaginer que derrière cette porte, se trouve soit un restaurant soit un bar. Il se décida à appuyer sur le bouton.

Quelques secondes plus tard, la porte s'ouvrit. Une femme d'une trentaine d'années, en tenue de serveuse, l'interpella avec un 'Oui' très interrogatif.

On pouvait entendre, venant de la salle, une ambiance de restaurant bar avec une musique blues jouée par un orchestre. Le son était 'live'. On sentait parfaitement les instruments du groupe. Une batterie, un piano, une basse et une guitare et la voix d'une chanteuse par-dessus.

-J'ai rendez-vous avec Matt, Matt Larsen, je suis Yves Walden.

-Oui, il m'a prévenue, venez, entrez s'il vous plaît.

Yves suivit la serveuse à travers la salle qui s'orientait vers la gauche. Des lampes basses sur les tables ainsi que le bar lui-même, diffusaient une lumière douce dans l'ensemble de la pièce. Le bar en cuivre était immense et se trouvait sur la partie droite de la pièce. Sur la gauche, une série de tables en marbre. Il y avait quatre tables carrées. Quelques personnes y étaient assises, mais il y avait encore des tables et des tabourets de bar libres. La serveuse poursuivit son chemin et passa par une ouverture dans le mur en bout de pièce, signalée par un rideau de perles de verre. Au fond, on pouvait distinguer le groupe et la chanteuse de blues. Un blues mélancolique, mais très doux. Le son n'était pas trop fort, mais très clair. Cette pièce contenait trois rangées de cinq tables rondes pouvant accueillir jusqu'à huit personnes. Chacune de ces tables était séparée par une sorte de balcon. Le plafond était bas et éclairé par des milliers de 'LED' variant du blanc au bleu clair en passant par le vert. La serveuse se dirigea vers la rangée près du mur droit de la pièce à deux tables de l'orchestre. Elle s'arrêta vers la table où trois personnes étaient déjà assises.

-Voilà, c'est ici. Voulez-vous prendre quelque chose? demanda-t-elle en fixant Yves Walden droit dans les yeux.

Yves, un peu embarrassé, demanda du thé blanc. Cette boisson avait petit à petit remplacé la consommation de café dans les années 2020. Puis Yves reconnut le Commissaire Matt Larsen. Il se leva et le salua.

-Bonsoir Monsieur Walden, merci encore d'être venu si tard. Laissez-moi vous présenter le Vénérable Coleman Huang.

Yves Walden était un peu embarrassé car il avait en face de lui un moine bouddhiste. Instinctivement, il pencha sa tête en guise de salut et s'assit.

-Bonsoir Monsieur Walden, je suis très honoré de vous rencontrer.' Répondit Coleman Huang.

Le Commissaire Larsen prit à nouveau la parole:

-Voilà Yves, je pense que vous êtes un peu surpris, mais il faut que vous compreniez les choses suivantes.' L'événement de San Diego d'il y a deux ans maintenant, ne s'est pas produit par hasard et j'ai pensé qu'il était préférable de vous introduire auprès du Vénérable Coleman Huang qui m'a contacté directement pour discuter de cet incident avec un leader du projet 'Prime de vie'. Le vénérable prit la parole.

-Je suis persuadé que vous comprendrez ce que je vais vous dire. Nous tenions à vous en informer personnellement.

Yves pencha la tête en avant légèrement sur la droite avant de se redresser en se soulevant le menton avec le bout de ses deux mains jointes, les coudes sur la table. Il répondit dans un premier temps de manière très défensive.

-Mais n'est-ce pas du domaine de la justice, maintenant?

Matt Larsen calmement ajouta un nouveau commentaire.

-Eh bien! Je pense que la justice humaine n'a plus grand-chose à faire. Il faut écouter la justification de cet événement.

-À vous de me dire par la suite si j'ai eu tort, mais c'est une responsabilité qu'il m'est difficile de porter.

-Vénérable! Je vous en prie.'

Coleman Huang était un homme d'une cinquantaine d'années, de mère chinoise et de père anglais, il avait un profil plaisant avec un regard brun clair dégageant une sérénité et une grande profondeur d'esprit. Il devait mesurer dans les 1,85 mètre pour 85 kilos. Ses cheveux, bien que rasés, devaient être noirs. Sa peau était légèrement tannée à en voir ses mains et son visage. Le reste de son corps était couvert par son habit de moine.

-Monsieur Walden!

Commença Coleman.

-Je vous prie de m'excuser de ces désagréments, mais il nous a paru opportun d'apporter un élément concret à votre esprit concernant cet incident comme vous l'avez souvent mentionné. L'événement de San Diego est pour nous à ce jour, la petite flaque sur votre route déserte'. Je m'explique, le concept de prime de vie géré par le 'CSSC' est en soit une idée complètement humaine et qui poursuit une certaine logique pour résoudre une question fondamentale de l'humanité. Celle du bien et du mal. Cependant, nous pensons avec raison que ce n'est pas par ce bout-là qu'il aurait fallu essayer d'y répondre. Comprenez, il est vrai que les temps sont venus pour que l'être humain devienne mature et que son raisonnement progresse. Car nous l'avons vu depuis environ plusieurs millénaires, à travers tous les sages qu'a compté l'humanité. Disons, pour être simple, vos philosophes grecs, Bouddha, Jésus, Mahomet et j'en passe ont été les messagers que nous avons envoyés vers vous, afin d'éveiller chez l'homme, le désir de vivre dans le bonheur en évitant de faire le mal et ainsi, de savourer le libre arbitre qui lui a été offert.

Ces messages ont tous été détournés par l'homme. Nous constatons aujourd'hui, que la situation dans laquelle l'homme s'est enfermé en ce début du vingt et unième siècle, n'est que la preuve de notre échec. Nous avons donné le libre arbitre à l'humanité. Aujourd'hui, vous aimeriez le lui retirer comme d'autres hommes avant vous l'ont voulu. Tout cela sous le prétexte de la justice.

C'est une expression humaine de vouloir contrôler non pas ses pulsions mais celles des autres. Le libre arbitre est pour nous très précieux. Nous devons préserver ce bien avant qu'il ne soit trop tard. Car aujourd'hui, votre technologie vous rend trop puissants par rapport à votre esprit.

"Nous" pense donc qu'il est temps de changer de stratégie pour protéger l'homme contre lui-même en reprenant certains points.

Coleman fit une pause volontaire tout en regardant fixement Yves Walden. Il cherchait la compréhension dans son regard. Au même moment, le public applaudissait la fin d'un morceau de musique de l'orchestre de blues.

Yves Walden était un peu dépité par ce qu'il venait d'entendre. Une question lui vint à l'esprit.

- "Nous"! Qui est le "Nous"?

Prime de vie.

L'orchestre débutait un nouveau morceau. Le public semblait charmé par ce groupe. Coleman Huang lui-même souriait en regardant la scène.

Le moine bouddhiste se concentra à nouveau sur Yves.

-Eh bien, c'est une bonne question, mais ma réponse ne pourra être facile à comprendre et à admettre. Vous devez comprendre que je ne suis que le messager de ce "Nous". En fait, c'est ce que l'homme aurait du trouver, c'est ce que l'homme aurait du cultiver. "Nous" est le lien entre les sages, prophètes et guides qui sont venus au cours des âges auprès des hommes. "Nous" est l'inspiration de vos prophètes. "Nous" est la clef qu'il aurait fallu trouver durant ces siècles. L'homme a eu de nombreuses fois le choix, beaucoup de chances, d'essais, de pardons, de confiances. Et maintenant, "Nous" a décidé que l'homme n'aura plus de libre arbitre. En effet, l'homme s'est donné les moyens de le supprimer. Encore une fois, c'est un bien trop précieux.

Vous avez été la dernière émanation, Yves Walden, d'une foi au bonheur à reconquérir, la dernière chance. Mais vous n'avez pas su la trouver, ou plutôt vous avez voulu répondre à ce manque de foi au bonheur, finalement, par une technologie humaine. Ce que vous avez trouvé est un outil, mais pas le bon outil. Vous avez rétabli l'application de la justice humaine. Mais la foi de l'homme d'aspirer au bonheur était la clef. Sans cette foi, il n'y a pas de loi possible.

Aujourd'hui il est trop tard, la chance de l'homme a été consommée. Le concept de prime de vie n'est que le sursaut d'une humanité cherchant à éviter sa chute et nous ne pouvons le laisser évoluer. Nous savons à quel désastre l'humanité est destinée si nous n'intervenons pas cette fois-ci. En fait, vous êtes en train de supprimer l'humanité tout simplement. Mais rassurez-vous, c'est un changement heureux et sans douleur. Demain au lever du jour, toute l'humanité se réveillera avec une foi retrouvée, une foi unique pour tous les hommes à finalement aspirer au bonheur. Votre technologie et votre justice seront effacées de votre monde et de vos mémoires. Il n'y aura plus de religion, car finalement elles furent le prétexte pour l'homme de cultiver son égoïsme. Mais une foi imposée intrinsèquement à la vie des hommes dont ils ne pourront plus s'échapper, car ce sera leur prime de vie. Cette prime sera la foi dans le bonheur et ce bonheur ne peut venir que de la réalisation du bien. Sans cette foi, pas de vie.

Petit à petit, l'humanité retrouvera naturellement ce que les hommes ont appelé le paradis sur terre. "Nous" se chargera de nettoyer votre jardin la terre. Maintenant, il faut que je vous laisse. Mais encore une fois ne soyez pas triste. Vous avez contribué à ce retour au paradis, d'une certaine façon.

Termina le Vénérable Coleman Huang. Les trois hommes quittèrent la table.

Yves Walden resta seul à la table. Il ressentait une étrange sérénité l'envahir. Il pensa que finalement ce n'était pas plus mal. Cependant, une autre pensée envahissait également ses pensées. Il y avait un goût d'inachevé dans tout cela. Le sentiment d'avoir eu la grande chance d'être un homme, la grande chance pour l'humanité d'avoir vu le jour pour vivre dans la paix, le bonheur et la liberté. Cette chance de vivre libre, que nous avons eue et qui va nous être reprise demain. Comme l'on reprend le jouet à un enfant pour lui montrer que son attitude n'est pas correcte. Yves Walden finit sa tasse de thé. Il regarda l'orchestre.

Les dernières notes de blues du dernier morceau joué par cet orchestre firent place aux applaudissements du public. La chanteuse conclut.

-Thank you!

Yves Walden se leva et quitta le bar. Il était minuit. Le ciel était clair et la nuit paisible.

~

Le 20eme jour de septembre 2022, l'humanité perdit à jamais son libre arbitre. Dorénavant, ceux qui lui avaient donné le choix en la guidant, reprenaient le contrôle de leur création. L'homme serait en paix avec lui-même, protégé du mal. Mais ce qu'il appelait liberté avait à jamais disparu. Dommage…

Fin.

Remerciements.

Je tiens à remercier ma femme Thérésa KIENLER, pour sa compréhension et sa patience, Dominique Falquet pour la conception et la réalisation de la couverture de ce livre, ainsi que tous ceux qui m'ont supporté dans ce projet.

Romuald Reber

DU MÊME AUTEUR

Le très grand nettoyage, nouvelle, 2010.

CPSIA information can be obtained at www.ICGtesting.com
Printed in the USA
BVOW032106141211

278417BV00004B/7/P

9 781453 713488